亲切的味道

王啸峰 著

内蒙古文化出版社

图书在版编目（CIP）数据

亲切的味道 / 王啸峰著 . — 呼伦贝尔 : 内蒙古文
化出版社，2023.3
（中国好美文）
ISBN 978-7-5521-2167-4

Ⅰ.①亲… Ⅱ.①王… Ⅲ.①散文集－中国－当代
Ⅳ.① I267

中国版本图书馆 CIP 数据核字（2022）第 215635 号

亲切的味道
QINQIE DE WEIDAO
王啸峰　著

责任编辑　　白　鹭
封面设计　　鸿儒文轩·末末美书

出版发行　内蒙古文化出版社
地　　址　呼伦贝尔市海拉尔区河东新春街4 – 3号
直销热线　0470 – 8241422　　邮编　021008

排版制作　北京鸿儒文轩文化传播有限公司
印刷装订　三河市华东印刷有限公司
开　　本　880mm×1230mm　1/32
字　　数　140千
印　　张　6
版　　次　2023年3月第1版
印　　次　2023年5月第1次印刷
书　　号　ISBN 978-7-5521-2167-4
定　　价　45.00元

自　序

那些亲切的回忆

编这本散文集的时候，脑子里不知道怎么就跳出小津安二郎导演的《东京物语》来。大家都很忙，忙得父母到了东京没时间陪，忙得母亲去世办完后事匆匆赶回。忙忙碌碌到底为什么？真的值得这么忙吗？人生难道为了名利就能忽视亲情吗？

我把这本散文集书名定为《亲切的味道》，是为了纪念从小抚养我长大的外公、外婆。今年适逢外公百岁诞辰，在我的回忆里，他和外婆始终占据最重要的位置。每当我遇到挫折、情绪低落，总会有他们的身影浮现出来。今年中元节晚上，我正要入眠，外婆突然出现在我眼前，轻声慢语地说苏州老话："快睡吧，枕头上寄信来了。"顿时，我像被施了魔法，穿越躺回那张老箱式床上，透过薄蚊帐，看到外婆还在垫高的凳子上，凑着昏暗的灯光，做外发加工手工活儿。她挥针引线时，一小片阴影挡住光亮。一明一暗间，我渐渐睡去。我多希望这样的场景一直持续，天天不变。事实上，在我脑海中，这幅画面已成永恒。那晚，泪水充满我双眼，可我还是要求自己，听外婆的话，快快入睡，梦里才是天堂。

近些年，我致力于小说创作，散文写得少。正因为非必要不写，所以每篇都是真情流露。与我的小说类似，散文也多写普通人、普通事。我一直认为，作家的着眼点就应该"低到尘埃里"，每一篇文章都是一粒沙，聚集起来就是"三千大千世界"。在这个世界里，我很庆幸拥有那些亲切的回忆。

阎连科先生在评论我的小说时曾说："文学终归是关于人和人生的创造。是创造他人、世界和自己。"我的散文创作就是对自己最直接的创造。这本散文集上篇——"居然城市间"里的每篇文章，内中都有一个生存在城市里的孤独灵魂。游荡在亲情、友情间，在高楼的逼仄空间，做着杂乱无章的事情，想象着宇宙宏大、人类渺小。这几乎是每个现代城市人的通病：看透读懂一切，却什么都放不下。其实，灵魂的拷问无时无刻不在。生而为人，该如何与这个世界相处？在《往事只能回味》《我们终将彼此遗忘》《黑暗森林》等文章里，表达了"人类的欢乐和苦难，相对宇宙来说，只不过人一生中眼睛的轻轻一眨。最终将被默默运行的时空吞噬，卷入无边无尽的黑暗深渊"。（《黑暗森林》）于是我想，"我们需要慢下来，静心思考，如果即将发生的事情'一生只有一次'，我们还会这样草率鲁莽，或者顾虑重重吗？"（《送别》）岁时更替、春花秋月，归根到底来自人的内心感知。默默前行，将每一段际遇都当作人生财富，珍惜守护好，才是对他人、世界和自己的尊敬。

城市，特别是苏州，是我反复书写的对象。苏童先生说："城市一直是属于王啸峰的领地。"在关注城市当下的同时，我也有意识地探索城市的历史、人文和街巷故事。在本书下篇"乘月过苏州"中，编录了我改写的苏州历史人物、传说人物，比如《金姬》《蒋四娘》《顾公燮》《包一刀》《戴一帖》等。苏州民间一直流传着这些人物的趣闻逸事。从他们身上，反映出几百年前苏州城的文化样貌。他们的喜怒哀乐，虽然与现代城市人不同，他们的本性：崇文、善良、坚忍、融合等，却传承下来，成为当代苏州城市精神。下篇中还收录以苏州著名街巷、景点为题，反映20世纪七八十年代城市风情的叙事散文《观前街》和《瑞光塔》。

《亲切的味道》是一本散文集，又不完全是传统意义上的散文集。评论家何平先生说："散文和小说比起来毕竟多了暧昧不明的伸与缩，而这种伸缩使得散文成为一种最富有弹性张力的文类。"从"荫翳的魔法"（汪政）、"幻象中生存"（黄平）、"色彩的象征"（韩松刚），到"在格式化的城市生活中发现了新的故事和其中具有肌理特质的人性"（王尧），我尝试创作各种文体，始终不懈地"突围"。不管是小说还是散文，我认为，用真情书写人性的"真善美"，写作的道路会越走越宽广。

目 录

上篇：居然城市间

亲切的味道 / 002

往事只能回味 / 008

我们终将彼此遗忘 / 013

那些年，陪你看球的人 / 018

送　别 / 022

广岛散记 / 027

临帖抄经 / 037

小面馆 / 044

跑过四季玄武湖 / 048

梨花垂泪 / 052

美意糕团 / 056

让我们以雪花的姿态飞舞

　　——写给 2019 新年 / 060

曼殊沙华 / 063

黑暗森林 / 066

杨明的"琥珀" / 070

诗性和友情 / 073

对人性的致敬

　　——说说《浮世悲欢》中的那些小人物 / 078

过去、现在和未来,一切皆善

　　——读沈慧瑛《过云楼档案揭秘》有感 / 083

厚重生活飘出"轻文字"

　　——读潘敏散文集《见花烂漫》有感 / 087

下篇:乘月过苏州

小观弄逸事 / 092

吴城异梦录 / 118

姑苏拾梦录 / 146

上篇：居然城市间

亲切的味道

　　外公如果活到今年，正好一百岁。外婆比外公小两岁，他们都高寿，一个八十八，一个九十。

　　今年为纪念外公百岁诞辰，大家想了好多纪念方式，一项内容始终没变：到纪念日那天，全家聚一次餐。

　　外公是教师，还是书画家、书画教育家。外婆是绣娘，后来被精减下放做了大半辈子家庭妇女。他们普普通通、简简单单，随着岁月流逝，越走越远，远得面目模糊、背影依稀。

　　我的许多梦，都以老宅为背景，客堂里、天井中、枇杷树下，外公、外婆都在。梦似乎与他们无关，我忙我的，他们做他们的。有一点我能确定，他们见到我，总是笑眯眯的。如果我坐到八仙桌前长凳上，眼前会出现我喜欢的各式饭菜，都是亲切的味道。

每次年夜饭，圆台面压上八仙桌，全家就聚拢了。我特别关注两个冷菜：皮蛋和龙虾片。有一年，外公的刀工派不上用场了。外婆学会了用丝线切割皮蛋。绣娘对丝线的感情，细腻而敏感。她说，刺绣时，一般把丝线劈成十六股，高手能劈出六十四股。线越细，绣出的图案越生动细腻。她一手托蛋，稳住。另一只手拿丝线一端，牙咬另一端，绷直，慢慢下压，切进皮蛋。平滑地两下，四片大小均匀的皮蛋轻快地落入虾子酱油中。外婆省油，我央求外公余龙虾片。外公小时候家境富裕，常被外婆奚落家道中落，还一直有"少爷脾气"。他放油几乎是外婆的两倍。龙虾片冷油下锅，开始没动静。我们还在打趣时，龙虾片突然白花花地翻滚、膨胀起来。我兴奋得手足无措。外公用笊篱捞，盘子装不下，锅里还像在爆米花。外公也急了，问我放了多少。我举起空包装盒。他敲我一粒"毛栗子"。微焦的、黄的，外公不装盘了，我抓在手上"咔嚓、咔嚓"吃起来，声音响亮，抚慰心灵。

平日里，皮蛋吃不到，龙虾片更不可能。春节前，外婆戴着老花镜仔细地把备用券、公用券、专用券等票证用途、使用日期记下来，按时间节点，带上我去排队。她把我领到肉摊前长队伍里，跟前后打好招呼，自己去排短队。买好豆制品、蔬菜、干货后再回来。一次，外婆带着我买到一张大大的油炸猪肉皮，她开心地告诉我，荤腥可以吃很久了。猪皮被我扛在肩上，走回家的路上，我神气活现。她把肉皮挂在房梁钩子上。没肉吃，就去割一块，跟白菜一起煮。我喜欢在边上看她切菜。白菜脆生生地断在砧板上。我想白菜如果生吃，味道也应该很好。外婆切肉皮就没这么轻松了。她用力的时候，喜欢努嘴，越用力，嘴越使劲。我想帮她，可是不行，他们都不让我碰刀。每年冬天，外婆手上都长满冻疮。涂药膏、戴手套都没用。她的手天天接触冰冷的水。我吊井水给她洗菜，井水有热气，包裹住她贴满橡皮膏的十指。外婆朝我笑着，继续做手上的事情。她也不让我端盛满烂糊白菜的大红花碗，说自己手上老茧多，橡皮膏多，不怕烫。不管有肉丝还是只有肉皮，我都喜欢吃烂糊白菜。白饭上舀两三勺热乎乎的烂糊白菜，再拌一拌，酥烂柔滑，白菜被少量肉丝或肉皮衬托得格外香甜。那张肉皮被挂了好几个月，梅雨来临后，外婆才取下最后一片，有点发馊。她用抹布一遍遍地擦，擦完再浸水，却并没有烧给我们吃。可我知道，她是不会扔掉的。

　　周六傍晚，是我最盼望的时分。自行车发出响亮铃声，那是外公让我去拎东西的信号。车刚在天井里停稳，我就开始解书包架上的绳扣。细麻绳两端挂着竹篓、网线袋。篓里装虾，网袋里是鱼。唐山大地震那年，我去外公学校"避难"。自行车带不动我和外婆，外公选择从胥门出发，坐机帆船沿运河北上，到公社后，再坐手划船去大队。一位学生家长骑着三轮车把我们从小码头接到学校。学校位置有点偏，远离大队部，三面临水。只有一排校舍，两位教师。我在黄昏的土操场上狂奔，蛙叫蝉鸣响成一片。几个学生家长裤腿挽到膝盖，踏着夕阳，大桶小缸送来鱼鲜。于是，我知道自行车上竹篓、网线袋里的鱼和虾也是他们送的。鱼是最普通的白鲢。红烧鲢鱼、鲢鱼烧粉皮等，是传统家常菜。后来，外公学会水乡人家的烧法：水烧开，把鲢鱼氽入，改小火慢熬，鱼汤渐渐发白像牛奶，简单加盐、黄酒、葱姜后盛起，碗里撒白胡椒粉，鱼香满屋，滋味极鲜。外婆拣出活蹦乱跳的虾，做盐水虾，其余红烧。外公带回来的酱油，我总觉得有股特别的味道，比老街酱园店打来的酱油更咸，甚至有股煤油味，做出来的菜富有"野性"滋味。学生家长知道老师家里人喜欢吃甜食，凑准时间，在小陶钵里做酒酿。外公用网线袋网住小钵，穿在车把上，靠着黑色人造革拎包，一路颠簸三十里。来到我手上时，正是酒酿发酵最佳时。酒酿中心有个浅浅酒窝，照得出我馋兮兮的笑脸。没食物垫底的小肚子，一下子承受这么多酒酿，不到天黑透就发作。我只觉天旋地转，不停呕吐，浓浓酒糟味在老宅里弥漫。隔天，我却又期盼下一钵酒酿的到来。

外公带回来的竹篓里，更多的是小杂鱼，杂鱼里又以小鲫鱼味道最鲜美。外婆把小鲫鱼收拾干净，搭配自己亲手腌制的雪里蕻。老街上，外婆"腌手好"出了名。每次启缸后，她要把咸菜送亲戚、朋友、邻居好多份。看上去相似而简单的工序，因为不同的手，腌出的滋味大不相同。大雪节气过后，外婆买回大棵雪里蕻，摘掉黄叶洗净，撑开后，挂在竹架上晾干。腌菜大缸表面脱落了大部分漆，岁数比外婆还大。我卖力地帮外婆抬缸、洗缸。一层雪里蕻，一层粗盐，快满的时候，外婆取一块大黑圆石压住，最后封缸。冬至，开缸。外婆拎起一棵咸菜，放在鼻下闻，摘一小段进嘴尝。我也会偷摘一段来吃，爽脆咸鲜。她点点头，轻轻拍缸沿，感谢腌出好菜的老伙计。厨房里，起油锅。外婆将新鲜小鲫鱼两面煎透，倒入切成寸段的雪里蕻。咸鲜味道最能下饭。好几次，我贪快，被鲫鱼刺卡了喉咙。吞白米饭、喝醋、掐无名指等一系列祖传动作做完，喉咙竟然畅通无阻了。

外公有时会驮一些蔬菜回来。其中，我最爱吃茭白、大青菜、白萝卜。外婆不碰韭菜、大蒜、洋葱等气味浓烈的菜。可我没想通，她连茄子都不让进门。茭白最好切丝后炒肉丝。外公施展手艺，先斜切薄片，再细切成丝。两丝下锅煸炒时，他见我在边上看，还会突然颠勺、翻锅，在我的喝彩声中，加入一小匙虾子酱油，微微着色的茭白炒肉丝，清香清鲜。他的山水画也是如此，水墨底色，总会点染些许色彩：青苔、赭石、红枫等。排骨、蹄髈不常吃，外公带回的白萝卜要搭配荤腥，外婆便去菜场买最便宜的筒骨、扇骨。萝卜骨头汤上飘着一层油，我不时被看似平静的油下汤烫到嘴。春节前，外公在老街上买好几支新毛笔。学生家长们等着他回去写春联、写诗词。提前约好的作品，他会在老宅书房里完成。我帮他按宣纸，随着他写字节奏往下拉或向上送。一幅字，他要写好几遍，挑最好的拿去给队里的朋友们。他抱怨自己一行诗写下来总不直，气头上，扔了笔抽烟。他抽烟不往肺里去，只是喷在空中。我见烟雾腾起来像条龙，更像他行云流水的书法。慢慢地，他平和下来，继续写字、作画。

放寒假时，外公写春联的任务也完成了。队里腌制的咸肉也好了，他们割一大块绑在外公自行车上。有了大青菜、咸肉，外婆会做一顿菜饭。哪天，我放学回来，吵着肚子饿冲进客堂，发现八仙桌上没有任何菜，那么肯定要有菜饭吃了。一碗白玉凝脂被放在桌子当中。我迫不及待地舀大一勺荤油拌进菜饭。然后端到东厢房里。阳光射进来，菜饭亮晶晶，荤油香气看得见，正随水汽不停翻滚，温暖寒冷冬季。

外公常说："名人书画，名人才有书画流传下来。"他并不著名，他的书画一直挂在我家和办公室里。就像他和外婆做的那些家常菜那样，滋味似乎正在淡去，在我心里却越来越醇厚。

往事只能回味

去年，在编选《吴城往事》小说集时，《往事只能回味》的旋律一直在我心头荡漾。翻看当年尤雅、邓丽君、蔡琴、姜育恒等歌星的演唱图片，我唏嘘不已。"你就要变心，像时光难倒回，我只有在梦里相依偎"，这样的歌词，我们曾经歪骑在自行车上，以怪声怪调唱出来，在湿漉漉的石板街与黑白围墙间跳跃。爱因斯坦《我的世界观》凸显在我脑海里："我们每个人在这个世界上都只作一个短暂的逗留；目的何在，却无所知，尽管有时自以为对此若有所感。"伟人都是站在普通人的肩上看世界的，他们的不安，很可能是我们的自鸣得意。

平静下来，审视自己的小说，大多是以小人物为主角的市井生活题材。20世纪八九十年代的厨师、理发师、抄表工、驾驶员、装修工、胭脂店老板等社会底层人物，转眼就消失了，等我们想要寻找他们时，恐怕真是"往事只能回味"了。而那些往事竟然就是刚刚过去的"现实"，时间之箭如此之快，令人只能一味往前奔跑追赶。

前年，我有目的地阅读一些明清笔记体小说。印象最深的是顾公燮的《丹午笔记》。我把讲述苏州异闻的《金姬》《蒋四娘》《金之俊》《王琨善啖》等篇目改写出来，可效果并不理想。我就更加佩服芥川龙之介对唐代同名志怪小说《杜子春》的再创作。改写的难度在于，故事发生的时代早已湮没在历史红尘中，无力还原当时生活细节，而细节永远是小说的灵魂。宏大叙事，不是我的风格。我只能在留存至今的几个街巷名、建筑名、食品名中展开自己的想象。从历史的蛛丝马迹中坐实一些情节。即便这样，作品还是缺少生活气息，僵硬无趣。

相对而言，《吴城往事》里的故事，都有扎实的生活基础。昂贵的房价，对现在年轻人来说，是个问题，甚至是个难题。其实，20世纪80年代初，大量知青返城，结婚生子，老宅住不下，新房分配又紧张，房子也成为难题。表舅和几个朋友看中了胥门内即将交付使用的楼房，在一个大雨天，强行入住。我跟在他们后面，进入到处是建筑废料、垃圾的毛坯房里。他们热火朝天地搭床、挂蚊帐、摆桌椅。雷电密集，我觉得他们做了一件错事，新房子并不属于他们。果然，单位出面做工作，让他们搬出来，安排了临时住处。表舅住在一个阁楼上，中间才能直起腰，地板吱吱响，推开木格子窗，就是大马路。他躺在床上抽烟，把烟灰弹在地板缝隙里。这些细节，被我写在了小说《梅雨》里，虽然这篇小说默默无闻，但在真实还原往事上，我还是做出了很大的努力。

在另一篇不起眼的小说《石强》里，那个普通的装修工人，总是皱眉吸烟，似乎全世界的不愉快，都刻进他的皱纹里。这个人物的原型有好几个，都是到城市谋生的农民。他们的工匠技艺，都从摸爬滚打中得来。他们的钱，靠吃苦，也靠狡黠。我想到了《罪与罚》中，陀思妥耶夫斯基提出的"算学"。在怀疑上帝这个"绝对价值"的时候，"算学"指导人们该做什么，不该做什么。装修工没有像拉斯柯尔尼科夫那样不断地在"天理"与"算学"之间徘徊。实际生活中，他们整天算这算那，算钱算账算人，也算自己。我在小说最后，安排了一个反转，试图告诉读者，一名技艺出众的木匠的劳动远远不止他索要的工钱。然而，难道不可以有赠送吗？我想了很久，赠送不符合那些匠人的做事逻辑和价值观。他们是有血有肉的普通人。

价值观冲突最大的是在《形意拳》里。当初，《形意拳》被《花城》杂志编发在散文栏目里，后来还被《散文选刊》选录。其实这是一篇带有散文意味的小说。创作那篇文章时，我正在读《茨威格在巴西》和《巴西：未来之国》，这两本书给我很大触动。作家往往在作品里预设自己的命运，并且冥冥之中去实践作品里的事件。生活的细节、命运的转折暗合了故事里的人和事。于是，我借形意拳这个载体述说"街角少年"的故事。两个从小一起练习形意拳的小伙伴，踏上社会后，命运截然不同。被评论家曾一果教授称为"新都市传说"的故事，在江南阴湿的环境里发酵。"在城市里四处漫游和探险的街角少年，时刻用他的双眼'探视'着这座城市里的每个角落，他目光敏锐而犀利，那些寻常人所不注意的地方不仅进入了他的视野，更是他渴望了解的世界。"然而，街角少年注定要走与众不同的道路，暴力、疯狂、覆灭、平静。坐在市民公园里的中年男子，靠白发苍苍的父亲搀扶才能行走。谁能认出曾经飞扬跋扈、以形意拳威震一方的"小霸王"呢？

以《聪明药》《观前街》《瑞光塔》组成的中篇小说《吴城往事》，是我首批创作的小说。记得当年同济大学张生教授针对我的"苏州系列散文"，指出："他的这些散文，就是要在嘈杂的市井中，去寻找那些'了无踪影，却又无处不在'的'情与爱'。"正是他的"情爱说"，鼓励我对"苏州往事"深入发掘下去。但是，我改变了直白叙事，转向虚构情节、组合素材。我认为有"预谋"地缓释，才能使情感更有层次，冲击力也更强。什么才是真正的"苏州味道"？我觉得并不是具象的观前街、瑞光塔、老街和老宅，而是每个人心中的念想，心中牵挂的人和事在目标景物上的映射。我只是提供了那些跑船少年、花季少女、雕花木匠等人眼中的记忆和情感。

关于时光、记忆和往事，我又想起了茨威格的那首《花甲老人答谢词》："变慢的是时间旋转的舞步，当华发已生，正是酒尽杯空之时，看见残留杯底金色的酒液，和下一场梦魔来临之前的先兆，别害怕，放宽心！"他说的放宽心，就是：三个月后，他与夫人一起在巴西里约近郊的一个小镇自尽。几个月后，《昨日的世界》在斯德哥尔摩出版。虽然那些"欧洲往事"不是很清晰、确切，但是，茨威格成功再现了他经历的那个时期的气氛和生活味道。我想，那种感觉也是我写作追求的方向。

我们终将彼此遗忘

　　我躺在巨型草坪上。阳光强烈，我选在一棵桉树底下。只有风声和远处汽车引擎隐约震动的声音。透过油亮发光的树叶，望见一朵绵羊般的白云缓缓飘过湛蓝的天空。这是南半球的中午，东八区的人们刚开始新一天的紧张工作。动与静、忙与闲的强烈对比，使我尽量伸展自己的腰和腿。渐渐地，光影移动，我意识模糊。零零落落的镜头缓缓地从记忆深处投射出来。

　　午夜早就过了。我拉件羽绒衫裹在身上。面前是一堆三十多年前的信件。收件人是我外公。当年，某县开办美术专科学校，缺国画教师，校长通过关系找到已退休在家多年的外公。从母亲写给外公的两封家书中看出，当时外婆身体不好，舅舅工作忙，表弟顽皮不好带。外公高龄到异地任教实在是碍于人情。这段教学经历持续了一年半。外公送走第一届毕业生，告老还乡。绝大多数信，都是毕业生表达对老师的依依不舍之情。"师恩浩大，无以回报""内有相片，请勿折叠""咸肉五斤，先期寄出""叨扰几日，食宿周到"，等等。当时我已不住老宅，回去看望老人，时不时碰到学生在那里吃住。外婆不免抱怨。外公却与学生们长谈甚欢，题字赠画也是常态。学生们真挚情感深深触动了三十年后的阅信人。冬夜，寂静无声，就像悄然流逝的岁月，度时容易，回眸惊心。那些学生呢？后来呢？

每只信封背后，外公都写上收件日期和回复日期。多是一封往来，也有两到三封。一个最重要的学生，称外公为"恩师"的人的来信，外公都编了号，编到九号。我打开第九封来信，极尽谄媚奉承之词，称"恩师"为一盏明灯。同时，他把自己的困境归咎为遇人不淑、环境恶劣。我上网查了查此人，还算成功人士。在他的访谈中，只字未提"恩师"。当初的言辞，现在看，可笑至极。第九封信后，"师徒深情"受到极大伤害。他被发现在老宅书房里行窃。外公留宿他多次，从鸡血印章到名家册页，他都偷偷"借去学习"。事发后，他还回来一部分。外公也没拿他怎样。只是，这个"恩师"，老人决计不当了。一直到去世，外公都没再提过这个曾经最重要的学生。

我在桉树底下做了个短暂的梦，醒来怅然若失。我在南半球的街道上行走，每个人的脸都是那么熟悉、那么亲近，可我却喊不出任何一个人的名字。他们走路、看手机、跑步，对我却无动于衷。我知道，焦虑无时无刻不在陪伴我。身体上的远行，不代表精神的解脱。是不是我们容易遗忘是因为曾经记得太多？是不是我们容易失落是因为曾经要求过多？我曾在西式家庭度过一整天。极简主义渗透到家居、厨卫、餐饮每个环节。生活是他们自己的，他们为自己而活。我们时常在"秀"给别人看，以别人眼中的自己作为主视角。

人的感情就像交响乐，钢琴、小提琴、大提琴等轮番占据主导地位。再亲密的人，接触少了，感情也就淡了。人生不同阶段有不同的亲密伙伴。这看上去是客观规律。外公回故乡后，与陆续参加工作的学生联系自然少了，遗忘很正常。学生们忙着自己的事情，应付崭新的生活和工作，找到了新的兴奋点，忘掉老师也自然而然。只是铭记于心的"恩师"怎能忘怀？然而事实就是，会说肉麻话的，永远不把自己的话当回事。

热热闹闹过后，必定是平平淡淡。有时候，突然想起一个人，回忆与他或者她的点点滴滴，脑子里一派昔日重来的景象，感时伤怀。但是，他或她，现在干什么？有什么变化？一回到现实，又觉得兴致全无。我们大概就是在回忆与幻想中生存。外公一生教过无数学生。晚年，仅有屈指可数的学生来看他。那些学生真的忘了老师？绝大多数应该像我这样，回忆诚可贵，现实不愿触摸。外公生意索然，在病床上对我一直摇手。任何人任何事，都不想再提起了。他要卸下八十多年的负担，轻装上路。

南半球的这个国家，有位犹太老妈妈，历经战乱、纳粹迫害，逃离故土两万多公里，九十高龄还教孩子音乐、做人规矩。生命尽头，她一一打电话向亲友们致谢，唯一的请求，就是不要来探望她。她让大家记住自己一丝不乱、精致不苟的完美形象。这是另一种忘记，超越了遗忘本身。庄子早就说过："相濡以沫，不如相忘于江湖。"与其大家陷入窘迫境地，不如互相不相识。然而现实就是，很多人不得不认识，许多事不得不经历。

不知名的小鸟开始在我周边叽叽喳喳。背包里有饼干和坚果。我在草地上坐起来，它们并不怕我。我喂它们吃，它们争抢着跑远。我望着不太一样的蓝天，思维延伸到天的更深处。

我们终将彼此遗忘，就要懂得宇宙法则。人类所知宇宙仅占全部宇宙的百分之五还不到。暗夜星辰、中天圆月、凌晨启明的后面，是掌控宇宙的暗物质和暗能量。目前，地球上最顶尖的物理学家对此都知之甚少。但是有一点，连我都知道，就是宇宙的本质是黑暗、寂静。人类是宇宙中的一粒小小尘埃，却也必须遵守这样的法则。向无边黑暗滚过去，就是人人都会面临死亡，黑暗终会降临。向永恒的寂静靠过去，就是人的寂寞与生俱来，喧嚣与骚动，只不过是每个人内心的一阵抽搐。哭喊着来，隐忍一生，孤独而去。不需要记得什么，遗忘什么。就像死亡一样，是人类的宿命。

我们终将彼此遗忘，就要懂得人情世故。有种理论认为我们所在的宇宙是"人设宇宙"，其最大特点在于，除了人类，其他文明看出来都不是这样的宇宙。因为有了人，才有了我们能够观察、理解的宇宙。人是伟大的，至今没有找到"兄弟地球""兄弟人类"可以与之媲美。因此，我们的人情世故也堪称宇宙第一。热闹时多想想冷清，受用时多想想背弃，安稳时多想想动荡。应该牢记的是爱和宽容。尽量减少冲动和嗔恨。《红楼梦》里的那句"世事洞明皆学问，人情练达即文章"告诉我们：我可以不做！却不能不知道、不了解。

　　我们终将彼此遗忘，现在起就要做好准备。人是群居动物，孤独是人的自然属性。为了克服对孤独的恐惧，人主动去读书、娱乐、交友、恋爱、信仰、工作，等等。人又是情感动物，困顿时来自他人的一丝慰藉，就能无比感动。同样，相处多时的朋友，一朝变成陌路人，也很正常。只有在内心深处准备好迎接孤独，才能坦然面对遗忘和被遗忘。

　　自大洋深处吹来的湿润空气，带来南极洲冰雪消融的信息。如果持续融冰，那么大部分人类很快就将消失。如果不是阿尔茨海默病，我希望大家不要互相遗忘。今年，外公已经离世十年了，我确定，他的学生有时脑子里是会闪过他头发锃亮、西装笔挺的形象的。

那些年，陪你看球的人

1986年墨西哥世界杯之后，普拉蒂尼、济科、苏格拉底、鲁梅尼格都等不到意大利之夏了。而这个年份，今天在俄罗斯赛场上拼杀的球员，大多还没有出生。

当时，我每天怅然若失，成绩明显下滑。但每天我还是坚持锻炼，幻想能搞个足球辅助工作。我是那么迷足球。我和D讨论巴西对法国队的四分之一决赛，那场世纪经典之战。那时电话刚起步，长途通话除非急事。我俩写长长的信。我回信总是很快。D明显带有北京人的笃定傲慢，要么一下子写二十张信纸，要么一个月没一个字来。我对他的分析总是很佩服。原因是他上得了场，不像我只会围着场地跑步。

他身上透出北京人的神秘。直到多年之后我坐在中关村他的家里，还摸不透他的家庭、工作情况。他插班来我们学校不久，就有了流言，说他犯了错，避祸来的。我闪闪烁烁地问，他支支吾吾地回避。后来我们只谈足球、武侠片，就感觉亲近了许多。现在想来，其实我们并没有一起看过世界杯。他只待了一个多学期，在两届杯赛之间。我们一起经历的最大足球事件，是"5·19"国足惨败。D经常挂在嘴边的：亚洲杯第二名，古广明、李华筠等球星名字。不胜没理由啊！什么快马啊？你们没去过工体吧？他们都在前场等球，从不多跑！我们见识少，只能坐在板凳、竹交椅上听他说嘲讽的话。而当比赛开始，我们把电视机搬到人行道上时，他又一本正经地跟唱国歌。我觉得京腔最能在正经和谐趣之间游走。

很快，滔滔不绝的D被香港队先进的一球踢闷了。除了不时蹦出粗鲁的一个字，话都没了。赛前拍胸脯预测赢三球以上，现在手不时摸着胡子拉碴的胖脸。杨朝晖扳平比分，D的劲头又来了，打平就出线的论调第一次出现。街上围了更多的人，有的索性把自行车往墙边一靠，摸根烟慢慢抽起来。香港队进第二个球，国足开始疯狂进攻，D的头上满是汗，一会儿高喊，一会儿痛骂，大家跟着他喊叫。"咔嚓！"他把椅子坐塌了。随后他蹲着、站着、跳着，指挥着屏幕里奔跑的队员，没有一秒钟是静止的。

比赛结束，D变得沉默寡言，狠狠摔了几个啤酒罐子后独自离开。很快，他回了北京，临别时关照我写信到他家。每封信我们都从足球开始。他写现场看球的气氛，对各类球赛的分析。我说自己对足球的失望，喜欢的球星一个个退役了，足球梦其实就是青春梦。我似乎在长大，有些事情不再盲目。通信持续了几年。当他突然出现在我面前的时候，巨大的陌生感差点把我击倒。幸好还有足球。我找来当时一起看球的弟兄们，顿时，什么学习啊、工作啊、恋爱啊，统统不问不顾了，光围着5·19，我们的话题就多得像街上的行道树。

H是我大学同学。那时他人生目标是当作家。上课时，他匆忙拿着BP机跑出去回电话。过会儿，更加心急火燎地冲回来，问我们要硬币。下课时，他还歪脖夹听筒，一手在一沓稿纸上写写画画，硬币不断地被电话机吃进去。杂志社编辑修改意见就这样落了地。每逢这样的夜晚，照理他是要来一瓶啤酒的，可酒量不大的他又会因此面红耳赤。

世界杯关键之战大多在深夜。我们安排了很多赛前节目，熟菜、冷面加冰啤酒开场，然后再来个牌局把上半夜消磨掉。

有场球在深夜两点。我们躲在一间狭小的房间里打麻将消磨时间。H嘴里叼根烟，煞有其事地理牌、摸牌、打牌。但我们心思完全不在打牌上，不停地讨论着即将开始的球队的命运，扩展开来，变成两派：南美派和欧洲派，争执到后来有了点火药味。忽然，H愣在那里了。我们的牌都理好了，他的方阵缺了一个角。可能刚才乱哄哄闹得牌掉了。我们四处查找，五六平方米的房间地毯式搜查好几遍，没有发现失踪的牌。四个人你看我，我看你，后来我们一起盯住H，盯得他把吸了一半的烟都扔了。啊！是他自己把牌扔到窗外了！H死不认账。时针指向了深夜一点半，窗外吹来的风，有点大、有点凉。我们又不敢开大电视机的声音。只能安静地坐着，看着垒起的牌最右面缺一只的奇怪样子。

突然，H大叫起来。迅速打乱重新一理，方阵齐了！我们让他重新演示一遍，才发现犯了奇数、偶数排列的幼稚错误。大家说话太多，心不在焉。H理牌时将牌理成了三排，又多拿了上家的两张牌，而且他第一排、第二排都排13张，自然第三排就只能是12张了，方阵的角就这样缺了。

那天看的是哪场比赛，我早就忘了。H一直在国内外漂泊，每次我们聚在一起，总会说起这个"灵异事件"。足球带给我们的青春记忆，就不断地以非足球方式复制着、传播着。俄罗斯世界杯，他也在看球，与我不同的是，他还看深夜球，随时把自己的观感发朋友圈：差点意思、经受考验、绝杀！看着这些话，他叼烟歪嘴说话的样子就在眼前。而平时通话时，H的口头禅就是："弟兄，最近还好吧？"不管在北京、广州，还是北美洲，他的声音总是这样带有魔性，就像足球的比分一样，深不可测。

送　别

　　我正在房间里翻看夏目漱石的《哥儿》，窗外远远传来似曾相识的乐曲声。放下书，随着曲子，我感到自己心神荡漾。我努力回忆曲名，声音却戛然而止，短短几十秒，留下一串亲切而迷惑的音符在脑子里窜来窜去。

　　女儿推门进来，打断我思绪。我看了看表，五点刚过。我问她音乐的事。她说只知道每到这个点，中野钟楼钟声响起，具体什么曲子，她并没在意。我又问她是不是觉得熟悉？特别像国内一首著名歌曲的曲调。她哦了一声，去忙论文。

　　她到东京四个年头了。临近本科毕业，回国次数少，时间也短。我们每年都去看看她。也不远行，三个人一起待个十来天，吃吃饭，逛逛街，聊聊天，看看书。不经意间，还能在街头撞上惊喜。女儿学校附近一家不起眼的饭店旁边，竖着黑黑矮矮一块纪念碑：夏目漱石出生地。

每次到东京，我都随身带几本日本作家的书。然而，夏目漱石、太宰治、芥川龙之介、谷崎润一郎、川端康成等笔下的东京似乎也只有地名仍在了，生活风貌和质地都起了很大变化。太宰治更是有趣。我拿着薄薄的一本《东京八景》，想要按图索骥，找到那些著名风景点。结果，我在飞机上就差点笑出声来。这哪是旅游指南？明明是一篇细腻生动的短篇小说。潦倒、写作、自杀、患病、无所事事。典型的太宰治式颓废。

那天下午，我一个人在中野、高圆寺一带闲逛。逼仄街巷、密集房屋尽头，总会有一两片绿地，基本是公园、神社和墓地，面积都很小。比较特殊的是哲学堂公园。东洋大学创始人井上圆建立纪念孔子、佛陀、苏格拉底和康德的"四圣堂"，公园因此得名。我登上纪念庄子、朱熹等东西方贤圣的"六贤台"，俯瞰公园全景，园内土丘、绿化、水池、建筑配合紧凑，园外棒球场、网球场、神田川错落有致，都市山野味道凸显。曲折山路不时提醒人们，行走时要思考选择正确道路。

这回，是我行走在街上。突然间，空中飘来的乐曲声再度冲击我的记忆。我索性停下脚步，随着曲子哼唱。眼看几十秒就要过去，我很着急，却一句歌词都跟不上。我将头高高扬起，此时东京天色已经向晚。云层棉花般被夕阳染得金黄，蓝天延伸到深邃宇宙。"天之涯、地之角"，随着节奏，终于跳出这六个字。我不停默念着，打开搜索软件，《送别》跳了出来。

《送别》歌词行云流水般在中野暮色中回响，我心存疑惑，歌词是李叔同的，曲子难道是国外的？我回到记忆最初，把"天之涯、地之角"发给朋友。朋友很快确认《送别》无疑。并告诉我，原曲是19世纪美国作曲家奥德威创作的歌曲《梦见家和母亲》，20世纪初，日本词作家犬童球溪日文填词，形成日语歌曲《旅愁》。此后，李叔同利用此曲，填写了著名的"长亭外，古道边，芳草碧连天。晚风拂柳笛声残，夕阳山外山……"

随后记忆像眼前中野通的路灯一样，一盏盏点亮。电影《城南旧事》映在脑际。当时看电影的我，年纪还小。影片留下的印象，只有两个：一是别离，二是童声主题歌。其实，我那时是一个并不快乐的少年，当穿透剧院、黑暗，甚至空气的歌声在苍茫原野别离场景中反复出现，我感觉自己就是渐行渐远的那匹不堪重负的瘦马，在荒凉戈壁上走不了多久就要倒下。联想漫漫人生路，呼吸也变得沉重。那首童声歌曲就是《送别》。

突然想起，经典好歌有没有也是改编过来的？网上一搜，果然梅艳芳《曼珠沙华》、张学友《李香兰》、王菲《容易受伤的女人》、张国荣《风继续吹》、莫文蔚《盛夏的果实》等，原曲都是舶来品。那些原版曲子一响起，我心里浮现的却还是一句句中文歌词，那是多么奇妙的感受，也是最真切的文化交融。《送别》这个版本在国内传播既久又广，我就很不能接受曲子是外来这一现实。入夜，我找到《梦见家和母亲》《旅愁》《送别》，静静聆听。

　　三首歌既有相通之处，又各有侧重。它们都以思乡、怀人为主题，展现人最根本的情怀，对亲人、朋友、故乡的眷恋。英文歌里，母亲神圣伟大，她是家庭的精神支柱，但现实却是残酷的，母亲和家，只能在梦里相见。日语歌突出人在旅途，一个人孤独感伤，梦到父母和家乡，短暂的美好，却被窗外狂风暴雨打断。相比而言，我更喜欢中文歌。送友人远行的场面，是一幅美丽又凄凉的画面。深厚的亲情友情，此刻尽在一杯薄酒中，而今后却一直在寒夜别离梦中。

　　手边正好带着《川端康成三岛由纪夫往来书简》。我翻到三岛由纪夫自尽前写给川端康成的最后两封信。信里三岛对自尽已经有了充分准备，并请川端康成在他身后照顾家人。当时，两位亦师亦友的著名作家之间关系微妙。川端康成获诺贝尔奖，使三岛由纪夫近期获奖无望，促使他加紧组建"楯会"，加速滑向极端道路。川端康成是唯一一位获准进入三岛由纪夫剖腹自杀现场的作家，但是他没有看见遗体。为此，他深感遗憾和自责，他错过了最为重要的送别。两年后，川端康成吞煤气自杀身亡。

　　日本文化产品上常见"一期一会"字样。我开始认为可能像持螯赏菊、钱塘观潮一样，每到一定周期就会遇见一次。后来，女儿告诉我，"一期一会"是一生只见对方一次，换句话说，当下的别离，就是永别，今后很可能永不重逢。当时我听到这个解释，内心是震撼的。而仔细聆听《送别》之后，更对乱世的无常、无奈有了深层次的理解。

　　人只要身处社会，与亲朋好友就会有聚散。送别、旅愁、乡恋等都自然而然会发生。但是，浮躁使我们很难在别离的时候道珍重，快捷使我们不再认真思考就告别昨天，功利使我们不做精心准备就迎接陌生。我们需要慢下来，静心思考，如果即将发生的事情"一生只有一次"，我们还会这样草率鲁莽，或者顾虑重重吗？

广岛散记

广　岛

没有赶上预订航班，我在羽田机场买了杯咖啡，坐等还有剩余座位的飞机。早起的困倦、挤电车的辛苦、误机的懊恼，一起向我袭来："为什么去广岛？"

东京下大雨。温度下降，我套上外套。拿起随身携带的书籍——《广岛》。腰封上有一句话：关心原子弹问题的爱因斯坦一人便买走一千本。

去年冬天，我在等人的时候随手买了约翰·赫西的《广岛》，一下子看入迷。朋友聚会说了什么都有点恍惚，只想早点回家赶紧看完这本书。

1999年，纽约大学新闻系评选出美国20世纪最伟大的

100 部新闻作品,《广岛》名列首位。与从政治、军事、经济、反战等角度宏观叙事相反,《广岛》记录了六个普通市民经历原子弹爆炸,以及之后四十年间的日常生活。他们中有医生、女工、神父、家庭妇女等。详细的现场采访、冷静克制的描写、文学元素的介入。我脑子里跳出一个词:新新闻主义。

"他在通道那头喊道:'你必须自己爬出来'""有一次,我遇到一个人。那人说:'我经历过原子弹'——那之后谈话就变了,我们理解彼此的感受,无需再说。"这些客观叙述、引用,滴水成河,不可阻挡地震撼我的心灵。

选择广岛,因为《广岛》!

飞机终于腾空而起,冲破阴霾。不久,机翼下出现富士山高耸入云的清晰影像。去年,在山梨县河口湖,已是富士山脚下。三天时间,山峰却总是被浮云缭绕。日本人常说,见到富士山全貌,会带来好运。我在去广岛的空中,看来好运从天而降了。

我闭上眼睛。一段对话出现在我脑海中。

"您的家在哪里?"

"日本广岛。"

"1945 年 8 月 6 日早上 8 点 15 分,您在哪里?"

我耳朵里出现"嘀嗒嘀嗒"越来越大的响声,然后传来一声定音鼓的咆哮声。

我从梦中惊醒,飞机正缓缓降落。蓝天白云,阳光灿烂。濑户内海、山川森林清晰可辨。渐渐地,广岛出现了。整齐划一的港区、错落有致的建筑、通畅的新干线和高速公路。《广岛》的封面，是当时原爆点周边照片。变形的汽车、残缺的建筑、枯死的树木，以及不能辨识的烧焦物。时间过去了七十多年，现在下面是一个崭新的广岛。重生的广岛。

机场大巴到 JR 交通枢纽 45 分钟。沿路景致与日本其他地区没多大区别：干净的海岸线、蜿蜒的快速路、连绵的山丘和隧道、深沉的绿色山林。但在这山川海港之间，历来都是缮甲治兵的场所。毛利元就建广岛城于 1589 年。关原合战之后，德川家康夺去毛利家族大部分采邑，包括广岛市。江户时代，广岛市成为广岛县的县厅所在地。中日甲午战争开始，广岛作为日军主要供给与后勤基地，直至第二次世界大战。广岛还是重要的军港，一直是侵华战争兵力集结和发兵之地。安静之地，曾经剑拔弩张。

《广岛》中描述的那些普通市民，分别在罐头厂、钢铁厂、缝纫厂、橡胶耳塞厂等围绕战争设置的企业工作。百姓的生活紧张而窘迫。"原子弹落下的那天早晨，她三点起床，她必须为父亲、弟弟、妹妹和自己准备早餐。还得为住院的母亲准备一天的食物，医院无法提供伙食。她做完这些事情并清洗和收拾好餐具时，已经快七点了。她去罐头厂上班还要四十五分钟。"

广岛市区到了，我侧身一看，高大繁华的百货商场大幅玻璃幕墙上，从上到下镌刻着一只只姿态各异的纸鹤。在核爆中去世的、受战争伤害的百姓，他们灵魂会安息。

庄严之岛和艺术之岛

广岛有两处世界文化遗产：和平纪念公园（原爆遗址）和严岛神社。

我暂时抛开脑子里聚集的战争、核爆、废墟等阴影，搭乘 JR 电车前往严岛。渡船在濑户内海上穿行，阳光刺眼，风平浪静。此时东京还在下雨。

远远地，作为日本文化表征的红色"大鸟居"挺立在海水当中。只有退潮时，这个大型建筑才与陆地相接。虽然每隔数十年或百年会用大樟木修复大鸟居，但是这么多年浸泡在水里，又没有地基，全靠自重维持，怎能抵挡海水侵蚀呢？广岛当地人说：那是人的意志和信念在同自然界较劲，并最终赢得胜利。

平安时代的平清盛家族建造了这座海上神殿，严岛神社成为皇亲贵族们参拜点。神社寄托了人们对海洋的敬畏和祈福。每年祭奉传说中的三位海洋女神十四次。我在神社里默行。一股"唐风"扑面而来。神社正殿位于大鸟居正后方，以正殿为中心，回廊将各类神社、舞台、木桥贯穿连接。海洋带来唐朝建筑风格、文化礼仪、宗教信仰，并融入日本本土文化。

平安文化受唐朝影响很大。作为真言宗御室派大本山的大圣院，就是由曾入唐学法二十多年的空海法师创立。这座严岛历史最古老的寺院，观音殿、转经筒、百姓供奉的各类佛菩萨，在我眼里既庄严更熟悉。

　　下到观音殿地宫，漆黑一片，连声音都被吸走了。直到第一座观音像出现。微弱的橙色光，刚好照出观音庄严相。千手观音、送子观音、十一面观音，等等，环绕地宫而设，九九八十一座，最后一座是普陀山南海观音像。钻出地宫，阳光刺眼，几株桂花已悄然开放，散发清新香气，与幽静环境相得益彰。六百年前，丰臣秀吉曾在这里办过能乐会。一边是神圣肃穆的佛菩萨，另一边是由隋唐音乐与古代礼仪音乐相结合的能乐。海洋文明的特点，再明显不过了。

　　渡轮经过一个半小时的接驳，终于达到百岛。这个只有五百人居住的小岛，与严岛游客众多形成强烈对比。我在布满杂树的山丘中前进，耳边只有自己的呼吸声。我驻足远眺，一座座小岛像珍珠般散落海面。想象在这几乎与世隔绝的地方，住上一段时间，也许能够写出像样的小说、散文，但也是无聊至极的产物。

　　就在一所废弃的学校里，日本当代艺术家柳幸典创办了"ART BASE"。从武藏野美术大学毕业后，柳幸典到美国，用"第三只眼"看日本，以及全球化问题。

　　艺术基地里，硬朗的工业化元素被柔性化。废油被倾倒在废铁槽里，反射出冰冷的映象，捉摸不定、充满幻觉。深海里的沉船废料，也被打捞上来，从废品中发现美，再造艺术。空荡荡的废油桶，也被刷成红黄蓝绿各色，环绕整座仓房。柳幸典曾表示："废墟对我有着难以言表的吸引力。"

　　《万国旗》是柳幸典的代表作，由沙粒组成的各国国旗被塑料管道连接，管道里随性移动的蚂蚁侵入国旗，导致沙粒崩塌，国旗图案出现不可预估的裂缝。我们都是那一只只游荡不定的蚂蚁，移居移民、穿越国界、个性思考和选择，都在引诱我们的甜味沙粒中实现。当全球化移动成为我们的一种生活方式，我们固有的理念和规矩正在逐步改变。世界任何角落的一点动静，都会对普通的个体产生"蝴蝶效应"。

离开艺术基地前往码头的路上，一对老夫妻结伴而行，遇见路人鞠躬致礼。是啊，这里没有陌生人，只有原住民和艺术同路人。

光与影的世界

租一辆丰田普锐斯，开出广岛市区。一路沿广岛一号高速、山阳自动车道往东。两个半小时，来到福山的神胜禅寺。

神胜禅寺最大特点是禅修与庭园艺术的完美结合，称为"禅与庭的美术馆"。神胜寺脉络来自京都最古老禅寺临济宗建仁寺派。1965 年建成后，成为让世人更多了解"禅"的基地。

寺院内，由当代日本艺术家名和晃平的"三明治"团队建成的洸庭，像一艘巨船，航行在佛海。进入洸庭内，黑暗让人不知所措。按我的理解，二十分钟的展示分三个环节。第一幕是光的诞生，黑暗的原始状态持续了很久很久，终于有了第一道光，光的力量渐渐壮大，可还是被黑暗征服。宇宙重新陷入无声无影。第二幕是五光十色的大千世界终于在雷电中诞生，生命的出现，人类的诞生，人的一生，匆匆而过，只留下一道道光影。镜头开始很慢，后来越来越快，哪条色线属于我自己？可能有，更可能没有。黑暗张开了巨大的嘴，终将光明吞没。第三幕，黑暗将光明吞没的同时，海出现了。原来，黑暗是海里一条巨鲸的嘴，它合上了嘴，带走了万物。而我们的心灵，还是漂泊在海上，苦海无边。我们的内心在受煎熬，却还在寻求解脱。太阳出现的时候，可能带给我们希望，然而，太阳落山了，我们的希望只能存在心底，寄托于明天。临走时，我用电筒照了照，洸庭下部是水，上部是光影，光影变化、投射，形成我们的幻觉。

行走在浓郁遮蔽的山间小道，洸庭带来的强烈震撼，突然再次撞击胸口。这里是广岛，光与影又有了更深含义。最后一次光的出现，是强烈爆燃的形式。我心头一紧。核弹般的强光飘浮在地平线上，整个洸庭都受了震动，涟漪接连不断冲击着墙壁、护栏和我。光渐渐平淡、柔和。和平之光撒满海洋和大地。随着黑暗重新吞噬一切，我感悟到维护和平的力量是那么脆弱，总被强权残忍践踏。

正午日光下，我在"五观堂"吃斋饭。大中小碗，分别盛乌冬面（米饭）、豆腐、调料。必须把最简单的食材全部仔细地吃尽，思索自己行为是否做到了对得起供你生存的饭食，是否起了贪瞋之念，是否做到适量饮食？所谓"五观若明金易化，三心未了水难消"。

庄严堂前，蓝天、大海为背景的枯山水庭园中，我似乎看到了流动的水，水中还有水草、睡莲和锦鲤，只是因为时光的流逝，还原了山水的本来面目，而"原生态"的就是美之源的展示。庄严堂内，正在展出白隐禅师的书画。我近距离欣赏这些日本国宝级的艺术珍品。解读禅机深厚的白隐禅师作品，并非易事。我记得有人以"和光同尘"的道德经名言来形容他的禅画、禅字，而我还想加上"狂放与静虚于一体"的评价。他的画，有的威猛刚烈，有的风轻云淡。他的字时而棱角分明、粗墨浓画，时而柔弱婉约、细腻藏拙。我似乎有点明白了。他是以禅宗闲云野鹤之态对待大千世界，在"直指人心，见性成佛"上，做到了"万古长空，一朝风月"。

山路弯曲难行，濑户内海不时在弯道尽头显露。绿树环抱的山岚之间、波光粼粼的水面之下，到底隐藏了多少光影故事呢？

瞬间 永恒

"当时没有飞机声音，那是一个静谧早晨。随后一道巨大闪光横穿天空。闪光自东向西，从市区向山丘而来，就像一束光。"

这是1945年8月6日8点15分，一位广岛牧师谷本清的记忆。约翰·赫西在采访原子弹爆炸幸存者的时候，发现在广岛几乎没人记得听到原子弹爆炸的声音。只有一道无声的闪电！

"原子弹的光摄入走廊时，佐佐木文辉刚好走过一个敞开的窗户。那光就像一道巨大照相机闪光。""由于背对着爆炸中心在看报，藤井正和看到的是一道耀眼的黄色闪光。他刚要站起来，就被来回抛甩、翻滚起来，受到猛烈的撞击和挤压。""佐佐木敏子身后的书架倒下来，随之落下的书把她砸在地上，左腿在身下严重扭曲，可能断了。"约翰·赫西加了一句犀利评论：人类原子时代开始的那一刻，一个人被一堆书本撞倒在地。

广岛和平纪念馆内参观者众多，却静默无声。模拟屏闪现核爆原点，强光闪过，一条文字显现：截至1945年底，约14万人死亡。

站在一片废墟的巨幅黑白图片前，我最想弄清的是，第一颗原子弹为什么落到了广岛？

历史教科书指出，日本拒不接受《波茨坦宣言》，美国对其实施核打击，苏联也宣战出兵我国东北。但其深层次原因却错综复杂。有学者指出，当时日本秘密委托苏联斡旋停战，正等候回复。而苏联已经接到美国将对日实施核打击的通报，正在观望，无意调停。再看美国。源自纳粹德国的核武研发刺激，美国率先制造出实战性核武器，在大战中势在必掷。美苏核武器竞赛，也促使美国急于"一掷见效"。在当时，德国、日本均为核武器打击对象，但美国首次核试验成功时，德国已经投降两个多月。因此，日本成为首要打击目标。另外，战争中日军的残虐暴行，使西方社会得出"日本人性恶论"，杜鲁门有句名言："对兽类要像对待兽那样。"那么动用大规模杀伤性武器，也就有了现实基础。

不管怎样，遭受残害的是广岛，还有受到波及的长崎百姓。在和平纪念馆，参观者有来自世界各地的人们，其中最显眼的是一群群穿着校服的中小学生。他们每人手上拿一本笔记本，边看边记。在原子弹产生巨大破坏、影响的惨烈照片中，我注意到一朵开得旺盛的野花，背景是废墟。"尤其在中心的那一圈，决明草长得特别繁茂，不仅从原来烧焦的地上重新长出来，还蔓延到新的地方，从砖石和沥青路面的裂缝间破土而出，这景象就好像是大量的决明种子和炸弹一起投了下来。"我想，决明草象征着普通百姓的坚强人性，象征着人们渴望和平的力量。

核爆幸存者，很多人都从事重建家园、废核倡议、建设和平纪念馆等工作。《广岛的想法》中说："他们几乎一致地接受了一个重大的责任——防止世界上其他地方再遭受类似的破坏。"

和平纪念广场上死难者纪念碑被设计成拱门形状，在坚固的防护盾下，弱势百姓受到保护、惊恐的亡灵得到安息。原爆点上原广岛物产陈列馆是核爆唯一遗址，被原貌保留下来，成为世界文化遗产。遗址断壁残垣前，烛火长明。

调查显示：核爆幸存者平均寿命是六十二岁，他们中百分之五十四点三的人认为核武器将再次被使用。《广岛》重点采访的六位幸存者，大多超过了这个年龄，但是，他们对生活乐观自信，对和平充满信心。

临帖抄经

十多年前还有五一长假。我们开车到浙江的一个小城游玩。吃好晚饭，在小商品市场闲逛。我走在队伍最后，也是左看看右瞄瞄，什么都没买。已经走过好几步了，我又回头。一个皮鞋铺挂了一块牌子："免费结缘，抄经自取。"我刚翻了几页经书，前面的人催我快走，加上当时店铺里没人，我就没有"自取"。我想可能前面店铺还会挂出同样的牌子，可是，直到住宿的地方，再没有人发出跟我们"结缘"的信号。

对这事，我很懊恼。随着回来日子的增加，我渐渐感觉一个结正在形成。那是一本楷书《金刚经》，每一页都覆盖一张透明薄纸，既可用来描红，又可以单独作字帖临摹。我已经很多年没有练习书法。那年，外公刚刚离世。他留给我宝贵的训导是："做人有风骨，写字有骨架。"虽然他不是著名书画家，但是书法以柳骨魏碑为特点，别有刚健风格。我不可能取得他的成就，练字则是对他的一种纪念。

我七八岁开始练大字。大楷本上留下歪歪扭扭的"一""大""王""正"等字时，我的手指还勾不太牢大楷笔笔杆。外公在乡下教书，每周六下午，他都骑车回城。一般在傍晚，他那辆永久自行车顶开大门，进到老宅。取下一些时令河鲜、蔬菜后，他一边擦脸一边开始检查我功课。刚开始，他毫不吝啬红圈，只要我临帖不出大问题，每个字总有部位得到红圈奖励。后来，他拿出《玄秘塔碑》后，情况就变了。

柳体好看，但是难写。我端一个小板凳，在枇杷树下就着方凳抄写。风动树叶沙沙声，让我仿佛回到唐朝。字帖黑底白字，笔画清瘦遒劲。单独扫一眼自己的字，觉得还能看看，再看字帖，完全两回事，连边都没有摸到。外公打的红圈也少了。往往一两页纸能见个红就不错了。日复一日对着一本帖抄写，枯燥而无趣。我开始懒惰。借口学校作业多，每周七版的大字集中在一天赶工完成。终于有一天，外公看了一眼，脸色铁青，把大字簿扔回。

我获得了自由，没有写字任务的日子里，嬉闹顽皮，开心自在。直到有一次，校门口展出了优秀书法作业，其中最上面的一版大字就是我在课堂上写的"唐故左街僧录内供奉三教谈论引驾大德安国寺"。同学们叽叽喳喳的声音，在我静静地看自己字的几分钟之内，几乎完全隐去。脑子里出现的是外公训斥的画面。当天晚上我又端起大楷笔，但是手却抖得厉害，不要说铁画银钩，就是横平竖直都要屏息用功才能做到。

我向外公表达自己继续练字的愿望，他冷冷地看了我一眼，指指那本被包了若干次封面的《玄秘塔碑》。我心里想的并不是重新临这本帖，而是钟繇、王羲之，或者董其昌、文徵明。可我还是又搬了板凳在天井里书写。说不上外公对我要求更严格还是干脆不当回事，总之他在我本子上画的红圈越来越少。也许我顽强地坚持下去，字就会突破瓶颈，突飞猛进。但是，我搬离老宅，告别外公，把字帖留下来。在忙乱的学习、工作和生活过程中，将书法遗忘。

也不是一遇见浙江小城的《金刚经》字帖就心有灵犀。这之前好几次，在不同场合看到柳公权抄写的《金刚经》，印象最深的是，一家艺术馆整面墙布满经文。我在其间徜徉良久。回老宅看望外公时，我请教他"一切有为法，如梦幻泡影，如露又如电，应是如是观"，他却回答我："应无所住而生其心。"佛法我当初并没有入心，但我记住了这本帖本身的故事。

"极有可能不是柳公权真迹，而是宋人伪作。"外公看着天井里的盆景，米兰散发出迷人香气。我感到很惊讶。这么刚劲浑厚的书法，怎么会假？

"书法家都有自己的成长过程。按照年代算，柳公权书《金刚经》时四十七岁。之后，他分别写了《李晟碑》《钟楼铭》《冯宿碑》《苻璘碑》《玄秘塔碑》和《神策军碑》等。

其中《玄秘塔碑》被誉为'柳书中之最露筋骨者，遒媚劲健，固自不乏，要之晋法亦大变耳'。在《李晟碑》《钟楼铭》等碑帖中，柳体书风却还未完全形成，甚至还在模仿钟繇等古人字体。但是《金刚经》的书风已经非常成熟。与十七年之后的《玄秘塔碑》相比，笔法圆润而骨力不足，有些字两帖几无二致。还有落款字迹粗鄙、经文漏抄等，都是个性刚直严谨的柳公权不太可能出的纰漏。所以，行家大多认为《金刚经》书者模仿《玄秘塔碑》。"

外公说完，又开始侍弄花草。而《金刚经》里的一些偈语以柳体的形式在我心头挺立起来。我急于弄清"若人言如来有所说法，即为谤佛""凡所有相，皆是虚妄。若见诸相非相，则见如来""若以色见我，以音声求我，是人行邪道，不能见如来"等真意。认真阅读江味农、南怀瑾、星云等大师讲解《金刚经》的读本，虽然不理解、不明白的还占大部分，但是我对自己说，不管怎样，只要有金刚般意志，就能到达智慧彼岸。

也是从那时起，一直到现在，关于佛教、佛陀，《金刚经》《心经》《坛经》等著作，成为我阅读的一个重要部分。井上靖的《天平之甍》、贝克夫人的《释迦牟尼传》、黑塞的《悉达多》、一行禅师的《故道白云》、铃木俊隆的《禅者的初心》以及宗萨钦哲仁波切的《正见：佛陀的证悟》等，都为我在现世生存下去提供了不一样的思维方式。我们苦苦追寻的宇宙终极问题，能够轻松地在佛教经典中找到答案。

历朝历代著名书法家出于对佛的景仰，留下了海量抄写经文的墨宝，其中以《心经》为最。名家大多以玄奘翻译的《心经》、鸠摩罗什翻译的《金刚经》为通行本抄写。我收集了柳公权、黄庭坚、赵孟頫、文徵明、董其昌等书写的《金刚经》字帖。《心经》字帖实在太多，我买了《名家心经书法合集》，其中从皇帝到画家，名人众多。合集里，我最喜欢溥心畬的作品。字体刚健遒美、秀逸有致，书法家以高古笔意阐释了对经文的独到理解。我在抄写《金刚经》的间隙，时常临摹他书写的《心经》。《心经》二百六十字，相比五千一百余字的《金刚经》，抄写的时间、笔法、心境都大不相同。我习惯两本经轮流抄写，类似长跑与短跑相结合的意味。

抄经的一些规矩，是我从浙江小城回来后，苏州的一位诗人告诉我的。因为没有结上缘，心里总归有点不舒服，我就找到那位诗人。诗人约我一起去西园寺。领我进西花园茶室。他没有请我喝茶，而是邀我一起坐下抄经。他严肃要求：一不能闹，意念集中，禁止说话、喧哗。二不能快，一笔一画都要认真体会。三不能断，一篇经文一次抄完，如果太长，每日等分完成。

西花园茶室前的紫藤开了，那天还有点雨。花香、雨声。人们静静地从窗前走过。我们开始抄写《心经》。自认为心静了，但杂念还是像波浪般涌向我脑子。手又开始抖动。我控制住思绪，不去想遥远的事情，把柳公权、外公、天井里的枇杷树和小板凳默默隐去。我们抄得认真，直到中午才完成。诗人比我字漂亮，我刚说出这层意思，诗人就阻止我，抄经追求书法，将会失去抄经本意。我有点羞愧，我总像一个初学者。我的确想通过抄经提高自己书写水平。

促使我持续不断抄写《金刚经》的，只是朋友聚会时的一席玩笑话。雕塑家夫人说有位朋友，接触《金刚经》后，发愿抄经。当她抄完第八遍时，突然不能吃荤了，见到荤腥就会呕吐，至今一直茹素。她把这个现象归结为抄经功德。我想我得试试。

我抄到现在，远远不止八遍了，但是"突然吃不了荤"的现象却没有出现。这么多年过去了，当初讲这个故事的朋友估计都忘记了，而旁听的我却默默较着劲。很多事情就是这样，说者无心，听者有意。当抄经成为日常生活的一部分，我感觉书法的魅力根本无法摆脱。其实，经文与书法早已互为表里，不可分割。

我用掉了陶文瑜先生不少小楷笔。每支笔都有灵性。当你选择这一支写下去的一瞬间，你就会感觉到今天能写出什么质量的字。当你心情浮躁时，再好的笔和纸都没用。在过度沉浸在书法的快乐当中时，我就告诫自己要按诗人关照的方法抄经，不应执"字好"这个相。再者，不能忘记还有很多文章要写。

上面提到的书法大家的《金刚经》字帖我都一一临摹过。每临一次，都对经义、书义有新认识。除了柳体，最认真精致的就是文徵明八十七岁高龄时抄写的小楷《金刚经》。全文没有任何懈怠之笔，始终保持精细严谨风格，一笔一画端庄隽秀。临帖时，我花更多精力体会用笔的高妙。虽然字还是不行，但是我力求端正工整，接近楷书"坐卧行立，各极其致"的要旨。而临黄庭坚帖时，折服于独特用笔，他以画竹法作书，有"出新意于法度之中，寄妙理于豪放之外"之势，可惜我学不像。赵孟頫以行入楷，生动灵活，临写他的帖，感到自己的字在向行书靠拢，笔法轻快起来。在"高秀圆润，天资迥异"的"董书"面前，我深深体会到书法不能言传的妙处。

翻看一页又一页抄写的经文，感慨日子一天接一天地流逝。不知不觉中，我完成了若干遍《金刚经》的临摹。有人说我的字有了进步。可我不在意这样的评论。坚持每日抄经，比坚持每天阅读、写作、跑步等更有意义的是，能保持一颗安静沉稳的心。《金刚经》的本义是智慧能断一切烦恼。春夏秋冬，寒来暑往，只要秉持"无我相、无人相、无众生相、无寿者相"，生活中的困惑和问题，便不再成为人生负担。

小面馆

　　湖边小面馆突然关了。那天中午收到跑友发来的消息，我正在南大散步。天出奇的好，金银街上餐厅爆满。两百公里外的一家小小苏式面馆却人去楼空。

　　我静静坐到北大楼前台阶上。阳光下，几个男生把一架遥控飞机"呼呼"升空，湛蓝背景里，红白机身格外醒目。绿地上，三三两两散步的人，偶尔看看天空，拍拍塔楼。这样舒适安逸的午后，却感觉一根小刺不时触碰我的身体。

　　和通常情况不同的是，小面馆这家分店的质量超过了本店。难道好的东西就不能长久？想着这样的大问题，觉得低落无趣。有趣的不过是自己寻到的一些日常小满足。搬到湖边后一年半里，周末回苏，跑友约晨跑，在湖边跑过春秋冬夏。每次十公里，虽然绿树蓝水让我心情舒畅，但后半程一个小小渴望总会拱出来。出汗、饥渴后的这碗面，我们总是要求"宽汤、硬面、重青，加姜丝"，这是硬条件，至于红汤还是白汤，浇头是鳝糊、酱鸭还是焖肉，就看当天或者当季情况。

有个阶段，我犯严重鼻炎，几乎什么气味都闻不到。要不是嘴里还能尝到甜酸苦辣，我几乎绝望。床头放着聚斯金德的《香水》，临睡前翻几页，期盼睡梦里还能闻到百花香。那天清晨跑完之后，我们又进小面馆。因为鼻子原因，我已不在意面和浇头本身。不知是热气蒸腾、跑后舒展，还是低头疏通，总之我在挑起第一筷面的时候，汤香面香瞬间打通我的嗅觉神经。突然，我有种跳起来的冲动。但是，我克制住自己，面一根根地吸完，汤一口口喝完，浇头一块块吃完。跑友诧异我吃面的速度，其实我在享受久违的幸福。

小面馆里全是女服务员。最后一次，其实我感觉出什么。已经到了周末早餐高峰，却只有我们两个吃客，服务员也只有两个。我们调侃今天相当于吃到头汤面。她们没吱声。收钱的短发女郎去厨房下面。配浇头的长发女郎为我们端来碗筷。她们都是本土本乡口音，年纪最多四十岁模样。去多了，在客人少的时候我们聊聊天。话题基本围绕这碗面和这个店。

小面馆所在的湖边，居民区少，尤其是早晨，门内冷清。与环境相同，那碗面也显得朴实自然。汤色清澈，仿佛得了湖的野趣。面细腻精致，也与面女郎吴侬软语相配。坐在小面馆里，汗水渐渐收干，刚才紧张的身体一点点放松。有时外面还会飘点雨丝。最后一碗面吃完，外面的雨大了起来。我在雨中回味刚才的美食，精致程度超过以往。好得令我稍稍有点不祥的预感。

美国著名汉学家孔飞力评价乾隆时期的苏州时说："苏州是中国最优雅的城市文化的结晶。"其实，苏州现在还是，一直都是。在这里，人们可以什么都想，什么都不想。单纯地静静地过有滋有味的生活。

绝大多数苏州人骨子里透出与其他城市不同的气质。落到具体做派上，不管外部环境怎样，都精心过自己的"生活"。大家大多认为出人头地的想法幼稚可笑，把全部精力放在做事上，对得起良心，这才是天大的事。虽然知道书画不可能超越吴湖帆、费新我，写作不大会超过叶圣陶、陆文夫，但是写字、画画、写文章的大有人在。反过来想，就像巴西、德国足球一样，全国少年都在踢，金字塔尖的水平才世界最高。同样，一碗苏式面，面馆千百家。才会出现顶尖的几家，全国闻名。

现在，小面馆关了。我还坐着。校园里人来人往。如果我坚持坐下去，到了一定时间，人总会走光。我还想到自己工作了二十多年的苏州单位。每次经过，眼前都会闪过一些画面。都不是关于工作。女儿五六岁时跟我去单位加班，在电梯里上上下下；关心我的老师傅，说走就走了，而当年多么健壮健谈；大楼办公室东西被偷，关大门、查监控，贼还是溜掉。我的青春岁月，最好年纪、最佳精力都留在那里。好的，最留不住。

其实，好的并没有走，已经藏在灵魂深处。有时，等我们感觉出好，已经晚了。有时，我们感觉好的就像流星般短暂。有时，只是相对于痛苦、煎熬和坏消息来说，好的显得那么宝贵、稀缺，不会再来。

跑过四季玄武湖

　　现在想来，我对南京的熟稔，只在鼓楼一带。五年来，我一直在这个区域里工作生活。去的最多，最有亲切感的，莫过于玄武湖了。

　　最近一次，下班后换好短衣短裤，出门扫码共享单车。一刻钟后，我就出现在玄武门口。热身运动十分钟，夏日傍晚的人多了起来，他们匆匆从我身边走过，操着不同方言，做着各种表情。沿湖一大圈，九点三公里。这些年来，我很多次用脚丈量这不短也不长的距离。那天风速、温湿度、空气质量都不错。我戴上耳机，一首首节奏强劲的歌曲刺激我的脑子，脚步跟着飞快甩开。一个人的跑步就是这样，总想跑赢什么，到最后才知道，我谁都赢不了，只不过是每次都跑出真实自我。跑完一圈的成绩是48分钟，对自己还是比较满意。却不料手一挥，打落了广场舞大妈手上的手机。我忙着道歉，她微笑，忙着继续做舞蹈动作。运动使人和谐。

环玄武湖，充满挑战。这是令跑步老手可以满意的距离，也是激励跑步新手的距离。前年冬天，我和几位朋友一起跑。其中一位经过半年多的准备，想挑战环湖一圈。我们选择顺时针方向跑，这样能时不时迎面碰上逆时针的跑友，互相加油鼓劲。阴冷、大风，呼吸困难、腿脚僵硬，跑步新手越跑越慢。跑过南京站，他气喘如牛；跑进情侣园，他步履艰难。转过太阳宫，到达最艰难阶段，望着一大段上坡路，他想放弃。我们放慢脚步，一同与他前行，黄色鞋带在眼前放大，一抖一抖，就是不停歇。咬牙挺过长长的坡，再进园子，便是连续下坡，他居然像小鸟般轻盈地跃在了前头。完成环湖首跑后，他感叹团队的力量，要是一个人，早就放弃了。

我却不一样。八年前一个初春傍晚，我静静地在北京西单的一个旅馆里看书，等一个朋友的到来。窗外天色逐渐发灰，街上车辆多起来。不少人竖起了衣领，顶风行走。我的心思却在夏威夷。村上春树在考爱岛上跑步训练的场景，紧紧抓住我的心。这是一本薄薄的最新发行的散文集：《当我谈跑步时，我谈些什么》，极为明显地向雷蒙德·卡佛致敬的书名。在机场一翻开，我就收不住自己的目光。朋友来叙谈时，我已在重温重要章节，比如，村上春树沿斐里庇得斯原路线从马拉松镇跑到雅典广场、参加一百公里超级马拉松、为波士顿马拉松备战，等等。朋友说话，我只是应付着。脑子里转着村上春树的话："写作也是马拉松，必须具备才能、注意力和持久力，三项缺一不可，而其中持久力则是至关重要的。"朋友离开后，整个夜晚我都在想马拉松，想长跑那些事。黑暗中，清晰地听到自己心脏似乎已经放置在起跑线上，发出缓慢而有力的泵动声。怎样开始自己的跑步锻炼，在锤炼自己持久力的同时，提高写作能力，提升生命质量？马拉松遥远又清晰地影响到我。为了跑完人生第一个马拉松，我从五公里到八公里，再到十公里、十五公里，最后，终于在两年后完成第一个半程马拉松。

　　我喜欢在春天里孤独跑步，特别是在玄武湖，工作压力和生活烦恼，在绿树红花下消散。迎面碰到的一个又一个跑者、步行者，一刹那，似乎自己的不适与困惑也都被他们带走了。我轻松地摆动手臂，思考着我作品里的人物怎样像我一样艰难却又顽强向前。乔伊斯曾经说过："一种突如其来的心领神会……唯有一个片段，却包含生活的全部意义。"生命前程未知，每一个人都在前行。不管愿不愿意，总是一步一步地前进。苦恼也好，快乐也罢，都将过去。意识在环湖跑中时而放大，时而缩小；时而清晰，时而迷糊。但是，生命这个主题，总也绕不过。清脆的空竹、高飞的风筝、升空的无人机，出现在我的视野中。操控他们的人，默默注视着跑动的我。突然间，我想到了"交错"。我现实的长跑与他们生命的长跑，本是两条互不干涉的平行线，即使在某个时空，突然交错，那也是刹那相接。之后，便又恢复原状。若干分钟后，我会停止运动，也会做回看客，回归自己生命的长跑途中。

　　一到秋天，就有人说到蛰伏，我于是想到蝉。幼虫要经过漫长的等待，这个过程短则一两年，长则十几年，最长要十七年。幼虫又得经历黑暗漫长的蛰伏生涯。五年前的初秋，我到南京工作。等我有时间第一次在玄武湖跑起来，湖边已经听不到此起彼伏的蝉鸣了。偶尔有一两只哀鸣，像在对抗着时节。宽大的梧桐树不时掉落叶子下来，倒是湖面荷香阵阵袭来。那些蝉的幼虫是否都深深地转入地下了？或者还在踌躇？是否也和初为异乡客的我一样，还在一条黑暗走廊里摸索，前后都没有灯火？夜晚，我飞快跑着，用劲把体内的汗逼出来。走湖人很多，路上的人像烧饼上的芝麻粒。我不停地避让、超越。有时，踩在一堆树叶上，有时被别人轻轻撞一下。一叶落而知秋。怎么就能感知秋天？脚下结实地踩到脆生生的金黄叶片。那一瞬间，有与蝉一样被抛弃、被遗忘的同感，忽地悲凉起来。有种情绪在滋生、蔓延，我不知道应该称作什么，但与秋有关。现在想来，尽管离家只有二百公里，那种情绪，与"莼鲈之思"相同，也叫乡愁。

　　人生的四季就像马拉松，经历的过程既漫长又煎熬，结束后就觉得白驹过隙般短暂。玄武湖的四季，显现在我晃动的视线里。我从没有停下脚步，静静地看过一花一叶。随着脚步的移动，花儿开了又谢、草地绿了又黄、树木荣了又枯、湖水动了又静，这些悄然发生的，我却都敏锐地捕捉到了。我也不再像五年前局促不安，玄武湖为我开启一扇思索之窗。泰戈尔说："天空没留下翅膀的痕迹，但鸟儿已飞过。"我还是要说，虽然我的脚印不会留在玄武湖，但是玄武湖却已经深深印入我心中。

梨花垂泪

　　清晨天色未开，云层渐渐发腻。玄武湖步道湿滑。一会儿，北风里就夹了雨丝。走路的人步子快起来，连湖边雪白梨花都不看一眼。低温、落雨、梨花，那个心痛的日子将近。

　　我有写日记的习惯。每到年终，总会归纳几句话。七年前除夕，我这样回顾："我是一个跳跃的马戏演员。一年当中不断闪躲陷阱与诱惑。不断奋力跳起，又重重摔倒。一位朋友走了，世上还有比人命更重要的事吗？人都不在了，一切成空。"而前翻到事发当天，我却没有留下任何文字。

　　但是，我清楚记得当时情形。虽是早晨，天黑得像黄昏。打开台灯，光线也不显亮。室内温度低于十度，我穿着羽绒背心，抄写中国历史提纲，手指僵硬。女儿不时丢给我辅导材料，初三的学生，焦虑烦躁。雨来了，老天慌慌忙忙地散一把，隔一会儿，又来一把。电话铃响起，刺破家中宁静。声音从那头传过来的刹那间，我完全失重，跨出一步，却踩了空，往下掉，一直往下，无法挽回。女儿抬起深埋书桌的头。电话掉落在地，我双手捧着头，双肩开始颤抖，很长时间，呜咽才从喉咙里发出。好一阵子，我才站起来，走到窗前。窗外几株梨花开足，洁白花朵带雨，更显娇弱无力。但在那个阴晦湿冷天，我认出的不是雨，全是泪。

最后一次见他，在转角咖啡馆。"我无法集中自己的精神，即使写几句话也要想大半天。别人说的话，转眼就忘。晚上失眠，白天的事情一直在脑子里转个不停。"他要么沉默，要么喋喋不休。那时，我根本没有把"抑郁症"同他对上号。好些时候，我都转头看窗外行人。夜幕下，大家行色匆匆，各怀心事走各自的路，每一条路都不容易。我没有将心思放在他身上，只当作一个同事、一个兄弟，在换岗压力加大之后，找个对象倾诉而已。咖啡馆灯光暗淡，走来走去的人不断，他们可能会觉得两个对坐着的中年男人关系别扭而暧昧。

辞职还是坚持下去，成为讨论焦点。我说要不就辞吧。他一愣，话又兜回来，说辞职是如此对不起自己，对不住很多人。我又说度过磨合期，一切都会好转。他说怎么可能好转，只有越来越坏。我开始沉默，感觉没有办法带他走出思维的泥潭。最后他答应我认真考虑考虑。他的手动挡帕萨特打右转弯灯，直上高架。我站在街口等直行红灯，转头目送他的车子消失在匝道顶端。一星期后，他奋力纵身一跃，在高架桥上永远消失。

三年过去了，又有一位同事找我。夜里睡不着觉，身体在短期内消瘦。脑子里一直在盘算，一年内这么多工程，决算时，他都没到现场一一测量。一个意思反反复复讲，眼神飘忽，手脚颤动。他话还没有讲完，我已经决定陪他去看精神科。我不能让悲剧重演。

去医院的路，经过那条高架路，我凝视桥下大片盛开的梨花。当年，是什么力量使他跳下车，飞奔向前，"融化在蓝天里"？那一刻，尘世中的一切的一切，事业、金钱、妻女，等等，都钻不进他的心里。有个声音在向他召唤，他只有往那个地方走，别无选择。那是一个什么样的地方？或许我永远都不会知道，或许有一天会忽然领悟。我于是想一个时间，那时，没有你，没有我，也没有他，"我们"都"轻松"地"休眠"着，再大的风雨都与我们无关，"我们"不能感知任何东西，但是"我们"却很好。自从那一天起，有了我们，便复杂起来，莫名其妙的欲望，一生一世的苦。从这个意义上讲，我应该微笑，祝福他往生。他的解脱，是精神和灵魂永远的轻松与自由。雨轻轻飘下来，我想起哲学家的那句话："目标不应该指向生活中的欢乐和愉悦，而是指向尽可能避免那无数恶事……一个人最大的幸运就是没有经历巨大的身心痛苦而度过一生。"

精神科医生的问题简单又惊悚：是不是觉得生活没有意义，还不如一死了之？我着急地看着坐在白漆方凳上的他。他对这个问题适应了一会儿，端正坐姿，慢慢地摇摇头，说还不想死。我松了口气。医生笑着说，那就不是大问题，还有救。检查、诊断、配药，整个过程似乎与感冒咳嗽没有区别，但我知道，这很有可能挽救了一个人的生命。

据世界卫生组织调查，保守估计目前全球有三亿五千万名抑郁症患者，每年有二十万患者自杀身亡，国内抑郁症患者已达九千万。但是，正如曾饱受抑郁症折磨的崔永元所说："包括我的家人，我的领导，他们都觉得没有这种病。他们觉得我就是想不开，小心眼、爱算计，以前火现在不火了，所以受不了了，都是在这样想。"强烈的"病耻感"，使得抑郁症就医人数不足百分之十。

以正常人眼光看，人的任何境况，都是多重作用的产物，也都能寻到化解之道。但是抑郁的人，无路可走。总有一个最亲密的声音在耳边不停响起："离开这个世界吧。"这是多么可怕的声音。我那两位朋友，平日里总以阳光、积极、开朗的一面示人，但在长夜来临后，阴暗笼罩全身，深陷恐惧深渊。

我在细雨里继续走路，玄武湖边梨花高洁。望见雨中的五瓣白花，我就会想起那些远赴天堂的纯真笑脸。他们摆脱了尘世的烦恼，了无牵挂。而我只是一个马戏演员，天天赶着小白象走路、过坎、跳跃，无知无觉地过着平淡的一天又一天。其实，哪里有普通的一天？总有人会认领三百六十天中的任意一天，作为自己的纪念日。

梨花垂泪，怀念这个时节以独特方式离开我们的每个人。

美意糕团

到年底，事情多，梦也复杂起来。现实世界折射到梦里，怪诞风趣。

有一个梦是这样的。朋友搬新居，还没全部到位，从里到外乱糟糟，但是家里崭新气息盖都盖不住，扑腾腾地从每个角落往外透。主人邀请我爬上爬下参观，我的心情也随之轻松舒朗。突然，一个念头滚过脑际，招呼没打我就冲出门。一路上找糕团店，暗自检讨："拜访新居，不带糕团，不合礼仪啊！"嘈杂街头，我被数不清的服装、电器和金银首饰店围困，焦躁地醒来。

传统习俗中，苏州人特别注重糕团。老辈人的解释简单明了："糕团糕团，就是高高兴兴、团团圆圆。"多好的口彩！几乎所有新的东西都用得上：新年、新婚、新家、新学、新职，等等。送糕团，大家都能领会其中美意。

小时候，排队用一张小小的备用券买来糖年糕。外婆用宽大菜刀切成薄薄的一片一片，准备下锅油汆。我飞快地从砧板上捏几块奔到街上。隔壁建军已经提前换上春节新衣。手里拿着大半块糖年糕大嚼。这两点都是外婆要数落他家的："一点规矩都没有，新衣一定要大年初一早上正式穿。年糕这样吃，浪费、败家！"小心谨慎地细嚼慢咽后，我在黄昏阴冷街头只有看建军豪迈咬年糕的份儿。

后来知道外婆是对的，大块的糖年糕真没什么吃头，油汆年糕、汤年糕、炒年糕，切片年糕和小圆子一起煮等，才能把年糕甜、糯、黏的特性释放出来。外公常说，吃年糕不光为好吃，还为了纪念伍子胥。伍子胥虽被夫差迫害致死，但他临终嘱咐，一旦吴国被越国围困，粮草不济，可到相门城墙下挖地三尺取粮。后来，越王勾践出兵将阖闾大城团团围住，城内断粮。大家想起伍子胥遗嘱，深挖三尺城墙，发现墙砖是用糯米做的。此后，为了纪念伍子胥，苏州人制作了城墙砖模样的年糕，岁末年初，亲朋好友共同享用，怀古溯今，辞旧迎新。

然而，小时候最馋的年糕，长大后却也不过如此，极有可能记忆里年糕的美味度超过了食品本身。可是，普通糕团却越来越吸引我。当年，老宅附近有两家我常去的糕团店。一家在养育巷南，不管店招牌怎么变，街坊们总叫它"齐天兴"。这个听上去跟孙悟空有关的店，的确建在高处，要爬好多级台阶才能进门。还有一家在饮马桥四岔路口，门面朝西南方向，是名副其实的"转角店"。饮马桥店品种多，整天有人排队。而"齐天兴"总是门前冷落鞍马稀。只有出力帮着老人们把旧货提到废品收购站，拿着奖励的零钱，我才光顾一下"齐天兴"。糕团中我常吃蜜糕和松糕。两种口味完全不同，蜜糕甜而细腻，松糕淡而粳糯。黄松糕又是其中我的最爱。放入了黄糖，口味变得厚重、有层次感。各式团子除了鲜肉团子，我喜欢豆沙团子，咬下去，亮亮的豆沙滚出来。买糕团经常要排队，香味和蒸汽弥漫长长队伍。最甜蜜的幸福是等待。

到南京工作后，遇到糕团的机会少了。每次回苏州总会挂念，这也是让自己高兴起来的办法。这时，一大块赤豆猪油糕来了，比铁饼还厚，外表实在一般。一刀下去才见端倪，红豆核桃被细细密密嵌到糯米里，切出花岗岩肌理。这是我从未见过的糕。之前的猪油糕，松松垮垮，有时吃着吃着，当中的猪油就会滑出来。糕蒸过，坚硬花岗岩表面微微出汗，核桃其实是猪油，此时变得晶莹透明，渗入糕中。入口软糯幼滑，甜到心里。我给南京的朋友、同事们吃，大家一吃就停不下来，吃完，饱胀感泛上来，隐隐有高油高糖高热量的担忧，但是有甜蜜的负担也是好的。有朋友甚至说：甜到忧伤，恋爱也不过如此罢。

在异乡，品尝家乡味道，意义超出味道本身。也更能体会甜蜜与忧伤、幸福与失落，是再正常不过的人生体验。到南京的第一年除夕，我值班。一个人在空荡的办公区内走动，脚步回声刺耳，甚至有点心惊。食堂已下班，此时对家乡食物的渴望达到顶峰。默默吃了几块饼干，对自己表示了"点点心意"。躺下重读卡夫卡《城堡》。读到大雪天，土地测量员 K 走进深深雪地里，我睡着了。梦里，各式各样的糕团带着温暖和香味，美美地向我飘来。哦，新年到了。

让我们以雪花的姿态飞舞

—— 写给 2019 新年

窗外,大雪纷飞。那些压住树梢的白雪提醒我,一年就要过去。与沉甸甸的现实相比,雪的到来,更带有新年的希望。

每个写作的人,本质上都不是快乐的。岁时更替之际,更易感时伤怀。可我此刻的心情却是朗阔的。我们的写作者们写出了大量优秀作品,在核心期刊、报章、新媒体等发表,产生一定影响。更有一些小说、散文、诗歌和报告文学获奖,"苏电作协"正逐渐产生品牌效应。

这仅仅是成立协会到现在短短的二十七个月。想到这一点,我内心充满自豪。早就小有名气的作者,在两年多时间里收获了更多,成为我们写作的"脊梁"。更为可喜的是年轻人。他们一瞬间爆发出的才情、对文学的爱和理解，使我惊喜。事业发展靠传承和创新，苏电作协的未来在年轻人身上，必将属于更年轻的写作者。无私培养他们，就是培植百年大树。

文学创作是寂寞的，时常"寒灯如豆，蛩吟四壁"，可我们内心是炽热的。虽然我们只是文学金字塔基础部分，可能永远被垫在底部，但正因为有我们在，金字塔才能竖立。我们也不会是苏电作协的最佳作者，后来的年轻人必定会超越我们，取得更大成就。想通这点，我们就会更加静心思考、广泛阅读、全力写作，就会对发稿、入会、获奖等淡然处之。我从大家身上学到很多东西：繁忙工作之外保持旺盛创作力，探索新的写作手法，参加高质量的培训，敢于突破自我，等等。我们有最可贵的"文学初心"！

马尔克斯曾经说过："我写作从不为成名，而是为了让我的朋友们更加爱我。"这是文学大师的初心。我认为，我们的初心，多是为了心中梦想。我们心中总有一桩桩饱满的心事，不吐不快。如果追逐名利，就不会选择写作。当下，我们拿起笔、敲击键盘本身，就是对浮躁世界的抗争。

飞雪迎春到。新年总是充满希望和挑战。写作者盼望写出好作品。文章好，语言必须过硬。我崇尚的语言风格是：简洁细腻。孙犁先生的《故事和书》，是他晚年的散文集。他晚年只看古书，只写简单文字。但是简单文字并不简单，此中有真意，传递出来的是美感。汪曾祺先生的小说被称为诗性小说，这是最高褒奖。向他们学习致敬，就要锤炼语言，生活、工作中到处可以琢磨语言文字的魅力，绝不能只在写作过程中推敲文字。文章好，要向大师学习。马原曾说，如果你认为海明威、卡佛、加缪、福克纳的短篇小说一般般，那么，你对文学的理解还处在初级阶段。海明威的冰山理论、卡佛的极简主义、福克纳的小小邮票理论、加缪的"意义是你创造出来的，而人生是荒谬的"，等等，都应该成为我们写作的遵循，探索寻找到适合自己的风格和技术。文章好，只有多写再多写。虽然大多数写作者永远只能是"文学的新手"，但是你努力了，就会有机会达到更高等级。你可能成不了经典作家，但可以成为一个有独特个性的作家。

走进大雪中，眼前雪花飞舞，耳边风声呼啸。我走在高大香樟树下，人行道干干的，比起潮湿马路上艰苦行走的人们，我心情愉快，步履轻快。突然，我想到，苏电作协不也是如此？尽全力为在文学道路上跋涉的写作者提供最好的环境，让大家大步走、快步走，向着心中理想走得更顺畅。

新年，总有目标值得我们像雪花那样，飞舞着扑上去。让我们的文思以雪花的姿态飞舞，千姿百态、精彩纷呈！

曼殊沙华

三十多年前，梅艳芳演唱《曼殊沙华》："旧日艳丽已尽放，枯干发上，花不再香，但美丽心中一再想。"最后这几句几乎被当时少年的我们天天挂在嘴边。

当熟悉的旋律再次响起，我已是一个半老头子，坐在全日空航空公司飞机上。急忙查看音乐菜单，却是山口百惠演唱的《曼殊沙华》。仔细听过一遍，又重复听一遍。当年的同学、朋友的青春模样就开始在眼前晃来晃去。

下飞机打开手机查看资料。原来两位歌坛巨星演唱的是彼岸花，曼殊沙华是梵文译音。妻子跟我说，彼岸花开花不见叶，有叶不开花。花与叶永远不相逢。刹那间，我心情有点沉重，一路上默默无语。走在岐阜金华山小径上，她随手一指："那就是彼岸花！"

顿时，我理解了山口百惠唱的那句："曼殊沙华，整个生命在燃烧。"整朵花像双手掌心朝上打开，恣意舒展，火红一团。不远处的山坡上，花与花连成一片，火焰在风中跳动。每年夏秋时分，《法华经》卷一上说："是时天雨曼陀罗华、摩诃曼陀罗华、曼殊沙华、摩诃曼殊沙华而散佛上及诸大众。"经书之外，佛说："而有种花，超出三界之外，不在五行之中，生于弱水彼岸，无茎无叶，绚烂绯红。佛说那是彼岸花，彼岸花开。"

大家都把彼岸花比作两人相爱不能相见。只是，据传佛还说过这样的话："花开无叶，叶生无花；相念相惜却不得相见，独自彼岸路。"细细理解，亲如手足的兄弟、惺惺相惜的朋友，也能涵盖在内。我没有查到梅艳芳与山口百惠见面的新闻和图片，但是看到旧闻中说她生前一直把山口百惠作为偶像。她翻唱得最多就是山口百惠作品，她特别羡慕山口百惠收获甜蜜爱情，急流勇退。

梅艳芳一直想要拜见偶像。但是隐退后的山口百惠坚决推掉一切应酬，相夫教子。有一次，梅艳芳在日本演出，一位好友与山口百惠私交很好，立刻打通山口百惠电话，梅艳芳与偶像通上了话，表达了仰慕和祝福之情。通完话，梅艳芳激动得久久说不出话来。

如今，梅艳芳与山口百惠阴阳两相隔。我不好评论两位在艺术成就上的高下，但就对事业、爱情和生活的处理上，显然，山口百惠是睿智的，她与三浦友和成为模范夫妻，两个儿子又出人头地。梅艳芳可以模仿偶像的声音、风格，但是她最羡慕的，正是她无法得到的。个性要强的她，爱情蹉跎，落下悲剧命运。就像她在《女人花》里唱的那样："我有花一朵，长在我心中，真情真爱无人懂，遍地的野草已长满了山坡，孤芳自赏最心痛。"

最令人心痛的音乐史上的案例，无异于冯梦龙在《警世通言》第一回中记述的俞伯牙与钟子期"高山流水遇知音"的情节。他们虽然只见过一次，但是超越了常人相遇的无数次。他们约定来年中秋时节再相聚。但是，当伯牙按约来到时，却听闻子期的死讯。短短一年，两个志同道合的知音阴阳两隔。伯牙在子期墓前弹奏一曲，表达悲伤与思念。随后将琴弦砍断，琴身摔毁。他仰天长叹："摔碎瑶琴凤尾寒，子期不在对谁弹！春风满面皆朋友，欲觅知音难上难。"伯牙和子期由此成为高尚友情代言人。

山口百惠在事业巅峰时期，断然放下，有大智慧。从宇宙理论上看，永恒是没有的，就连时间和空间也是有条件存在的。人的生死只是物质存在的不同方式，精神才能薪火相传。从这个意义上讲，伯牙也不必太悲伤，不久，他就会与子期重逢，在无忧无虑的地方，对着开遍彼岸花的"火照之路"，一唱一和，续写"相识满天下，知心能几人"的生动故事。

黑暗森林

　　读完《三体》第三部《死神永生》，天阴了下来。云层在空中翻滚，水汽扫荡深秋江南大地。我推开原本将继续的文稿，走出沉闷的屋子。但是，室外景象并没有使我轻松。经过一大片草地时，我不由得苦笑，一个人如此担忧地球、太阳系，甚至宇宙的存亡，真是很傻很天真。

　　《三体》早就躺在我书橱里。两个月前，一个谈话节目，女主持人煞有介事地说《三体》。她的评论我早已忘记，但是一个细节却引发我翻看起《三体》。她说像刘慈欣这样的科幻作家，白天正常工作，晚上却在时空中穿越宇宙，简直不可思议。是啊，我们都被沉重工作压抑着，只能在时间夹缝里做自己的事情，而且我的写作并没有脱离"凡尘"。

　　这是一年前看《星际穿越》以来，我第一次认真接触科幻作品，最彻底地更新了我的宇宙观。虽然《三体》获奖后推荐、评论精彩又样式繁多，但我还是原原本本地一字一句地啃这三本书。现在，一切变得不重要了。这样的观点，将陪伴我一段时间，可能更长。这是我最深最真切的读后感。有时候，一句话概括了所有。

我在文章里也喜欢用时空概念或者观点，试图表明人在宇宙中的渺小，进而得出人根本没必要纠缠在俗事中的结论。但是三体理论震惊了我，更新了我的认知。在刘慈欣面前，我的宇宙知识、时空知识贫瘠如沙漠。但是，这并不是关键。最重要的是，刘慈欣展现了超凡的想象力，他描绘了一百七十亿年之后的大宇宙和小宇宙。而且与现实宇宙几乎实现了无缝对接。那时，向整个宇宙播音，要用一百五十七万种语言。也就是说，不管文明是否已经消散，地球绝对不孤独。

需要注意的是，整部《三体》的核心思想就在此：黑暗森林法则。法则告诉人类，不能暴露自己，那些过去向茫茫宇宙发射人类信息、携带信息的探测器，都是愚蠢。因为，智慧文明就像带枪猎人在黑暗森林中行进，互相不干涉，在黑暗中维系着生存。如果有一方暴露，那么发现方就将其消灭。但是消灭过程中消灭方也暴露的话，那么，总有力量也会将其清除。这就是宇宙的规则。进而说明，任何毁灭，不是在感情、认知、善恶上的摧毁，而是宇宙规矩和定理在起作用。这比黑暗森林更可怕。

宇宙不算时间，本有十一维，但是我们可见的却只是三维，其他维度都蜷曲着。三维变二维，甚至一维，我们都好理解。但是四维，该是怎样的景象？以往的科幻作品也曾有过描述，却都语焉不详。四维时常在三维空间里有翘曲点，进入翘曲点，整个三维世界变得完全透明，拿人体来说，每根血管、每个脏器都在四维世界里清晰展现。这样的四维有血有肉，比较容易接受和理解。其实，这都是刘慈欣埋下的伏笔，让我们相信多维世界可以任意升降维度。正当我们着迷于更高维度的描摹和臆断时，三体中最震撼的篇章开始了。更高的智慧向太阳系发出了一张小小的二向箔，却使整个太阳系降维，从三维降到没有厚度的二维。当太阳系每一颗行星，直至太阳都向二维坍缩时，一切文明，一切生命及印迹都将永远消失，我们的家园成为黑洞。想到这些，我不禁抬头望望雾霭重重的天，虽然不是理想的蓝天白云，但真实亲切。如果这只是平面上的一张画，那么我们现在所做的一切还有什么意义？我们本身的存在还有什么意义？宇宙不是乐土，而是超级战场。我们渺小的生命、同样渺小的地球，在黑暗森林中脆弱无助。地球有生命的历史极其短暂，最终必定归于死寂。

但是，人是不甘心的。面对三体人的入侵，人类创立了威慑系统。同样，面临黑暗森林打击，人类以三体星系毁灭为教训，构建掩体工程。虽然黑暗森林打击最终以降维为手段，但是人类就像蚂蚁一样勤奋地在洪水来临前构筑工事，求生之路艰难而不得要领，看得心酸。只有伟大的曲率驱动飞船才能达到光速，从而逃离三维坍缩魔爪。如果大规模研制光速飞船，曲率驱动的痕迹还可能保护整个太阳系。但是，勤奋的人类在关键时刻总是选择自以为正确的道路。复旦大学教授严锋说，如果地球真的产生生存危机，合适的谈判专家非刘慈欣莫属。但可能也没有什么用处，宇宙冷酷无情的绝对性，从每一个人类想象不到的地方出手。

　　人类的欢乐和苦难，相对宇宙来说，只不过人一生中眼睛的轻轻一眨。最终将被默默运行的时空吞噬，卷入无边无尽黑暗深渊。但是我们却还沉浸其中，绞尽脑汁攫取、侵犯。即便得手，那也是更短暂地寄存在你名下，而一无所有、无穷黑暗，才是我们的所有和归宿。不过，刘慈欣还是心慈手软地安排了几颗人类的种子，飘向银河系深处，到达我们已经无法想象的二百六十八光年，进而穿越了百亿年时间。这就是人类的良心，更是坚韧的决心，在完全不可知的未来，还留有人的记号。

杨明的"琥珀"

　　我从小就对时空感兴趣，这来自对并不幸福的童年生活的逃避。有一天，老师讲授了一篇课文，叫《琥珀》。大约一万年前，一只蜘蛛正准备对刚刚落在松树上的一只苍蝇发起攻击，一滴黏稠的松脂突然滴落，瞬间盖住两个小东西。沧海桑田，形成琥珀，永远凝固了抓捕瞬间。我闭眼体会一万年前的微风、空气和声音，睁开眼幻想今后的一万年。如果此刻定格，那么，后来的人类或者智慧生物该怎样看待现时一瞬间？

　　多年之后很多次，我站到杨明的雕塑前，奇幻景象屡屡出现。眼前会晃过几十年、上百年，甚至千万年。站久了，就会"入定"。没有永恒的事物，只有永恒的瞬间。当青铜板凳扭曲融化，长条椅留存坐客滚烫痕迹，钢铁战士流下一滴热泪，我都像在观看一部时空大片。它们是固体的，却又是流动的；它们是安静的，却又是躁动的；它们是高贵的，却又是粗俗的。岁月的侵蚀，无知的损毁，直到最心痛的那一瞬间出现，杨明才把它定格，呈现在我们面前。从这一点来讲，杨明是狠心的。非得把触动内心的那根弦挑出来，让我在展厅里惊恐不安。

我仅去过杨明雕塑展三次，其他场合欣赏作品则很多。南京那次规模最大，布展就费时一个月。我从北京回来，下火车直奔南艺，时间还早，我就一个人在展厅晃悠。虽然一颗子弹击中我心脏之类的话太夸张，但是我的确在静静的大厅里听见了沉重的呼吸，那些青铜、陶瓷、铸铁、石膏、花岗岩等，空荡的空间塞满了作品，仿佛都在对我诉说它们的前世今生以及来世。一个月后，我和杨明站在他们小区的后门口，夏日阳光已经很火辣，我们不知不觉聊了半个多小时。这是到目前为止，我们唯一一次聊雕塑。

我说展厅里的作品让我想起雷蒙德·卡佛。卡佛关注底层人们的生存状态，他笔下的人物大多生活窘迫，情感复杂。他不过多渲染，"极简主义"风格以冰山面目呈现给读者。如果卡佛创造的"一种新的语调和文学质地"在当代文学史上有突出贡献，那么，我认为杨明也有类似突破。卡佛从日常生活小事里截取片段，平淡而繁杂，甚至冷静、冷酷，细想之下，这难道不是生活本质？杨明从风里、雨里、噪声里，从草的气息到人的叹息，从巨石的颤抖到海的微笑，捕捉到灵动气息，直指人心，精密制造出属于他的艺术风格。颠覆我以前对雕塑的理解。具象与抽象之间，获得"无我"境界。简单简洁，才能够烘托出真实与复杂。就在一瞬间，就是这一瞬间，饱含了杨明对普通人和事的敬重，对时空的感悟。他是生命的"隐喻者"。

　　生活中，杨明细致严谨，有时认真得几近"焦虑"。这让我想起他隔一段时间就要给自己塑一个像。他在2008年《我的面孔》上，切割了不深不浅好几刀，我认为这就是岁月留给他的礼物，当然也留给了你和我。当他说出"艺术是酒，不是稻子，但它真的是稻子做的"后，我认真看了一眼杨明。这位"比任何艺术家都不像艺术家"的人，理了短平头，穿着普通T恤，斜挎背包，步幅很大，又稳又快。但是，他又是那么不简单。我猛然发现，那是他的眼睛。那双深藏在稳重厚实体内的眼睛，无时无刻不灵性闪动。雕塑家的视野我永远都不懂，雕塑家的眼神也像琥珀，一瞬间就能创造出经典和永恒。

诗性和友情

十多年前，我刚刚开始有一间几乎转不开身的书房。一帮朋友散伙后留下的一些书，杂乱地堆放在单薄写字台上。我顺手拿起一本，翻看翻看，谁知却放不了手。我斜靠在带有强烈胶水味的书橱门上，"唰唰唰"书页滑动声占满小小房间。时间在这单调愉悦的声音里，悄悄溜走。

后来，有一天，小海来到那个书房，我告诉他当时的情景，他只是笑笑。因为那时他的作品都已超越《必须弯腰拔草到午后》。但是，我还是愿意看那些短诗，我把里面的技巧"偷"过来，用在我的文章里。小海是我的老师。

几乎所有朋友见面，都不会说写作。一本正经谈诗歌、散文和小说，好像说不出口。大家天南海北，自由自在很轻松，但是小海例外，他就是抓住你说文学。在《男孩和女孩》这本他最新的自选诗集的自序里，他说："我这几十年基本只干了一件事，就是写点诗。"这个纯粹的诗人，其实还不间断地做了一件事，那就是传播诗性。

诗性是什么？我的理解，广义的，遍布于生活的每个角落；狭义的，存在于各种文体，而不仅限诗歌。当我的目光在小海的诗歌海洋中逡巡，一颗颗珍珠，被我撷取。比如这首短短的《镜头以外》："在坎大哈／看见一个战士／手上的烟叶／和他的吉祥面孔／还不到打仗的时候／半路他可能会死去／许多年以后／也许他会回来／从容地看着我／就像他看着山谷里／金黄的堇菜花。"我通常写散文，有时也写小说。在这首诗里面，散文和小说都有向诗学习的地方，时空、虚实、大小、远近等元素，集聚到短短几行字里，而引发的张力却是强劲的。

于是，我刻意在自己的文章里强调诗性。刚开始胡乱模仿诗的写法，把不相干的意象拼凑在一起，把天马行空的想法发散出去，很幼稚很失败。小海曾经对斯塔文斯说："诗人赋予词以神性——诗性的光芒。词语被诗重新认领，发生质变，幻化成蝶。"我似乎感觉到，即使最质朴的词汇也能精准地展示宇宙时空。我不需要修饰什么，自然庄严确然。我的写作开始内敛、隐忍。有时简洁到读起来非常不顺口，才添加一两个助词或者连词。我写散文的最高追求，就是把我的作品适当分行，就是一首还算能够读得下去的诗。我常常在想，我的文章时常模糊散文与小说的边界，这实在不算什么。

要是能够模糊诗与散文的边界，那才了不起。而小海的《影子之歌》达到了。新诗集里也选了我喜爱的《冲山之夜》，写散文的，都应该好好读读这篇四百多字的诗。其中，有场景、有对话、有历史、有现实、有隐喻等。

小海在扉页上写了几句话送给我，其中有一句令我感动："不少的诗我们跑步或散步时构思，诗就是岁月、友情的纪念物。"其实，大多数时间都是我向他请教。我的第一本散文集出版前，他先拿了校样，看了几天，约我坐到肯德基秋天深夜的餐厅里，一页一页、一篇一篇地整理、校正，因为我们要出"我们仨"丛书的关系吧，我想。但是，接下来的两本，从篇目编排到错别字校对，他都认真为我把关。这几年中，我的稿子完工都会第一时间发给他，请他把关。应该说，我的文章更是我们友情的见证。

二十多年前，通过朋友们认识了小海。现在，反而那些朋友不大联系。虽然我现在和小海不在一个城市生活和工作，但是我们还是时常见面，比如说跑步和走路。有共同的生活情趣，非常重要。前不久，我们一起环苏州古城走了一圈。不久，我们将并肩参加金鸡湖半程马拉松。我们跑步最起劲的时候，他还送诗给我："交替跑过二十公里 / 又喝到湖中之水 / 大王说 / 天上这么大飞机 / 我们跑到机场快了。"那时，环太湖大道往西就是无锡，硕放机场起落的班机，在湖畔时隐时现，引擎轰鸣声，压迫得我们呼吸更加紧张。跑完二十公里，眼前出现小路，村民说硕放机场就在眼前了。但是我们从没有跑到过机场。我们要回转，吃一碗苏式面。现在想来，好像他不止写过一首诗，我还记得有"跑步使我们成为意趣相投的伙伴"之类的诗句。五年前，我们并肩跑过金鸡湖半程马拉松终点线时，好多朋友还在睡觉。我们坐在湖边喝咖啡，等待他们醒来，然后一起分享我们的运动果实。

评论家林舟认为小海的诗是"寂寞的游戏"："诗人的机智、幽默、忧伤、孤独、无奈，等等，总是伴随着对一草一木，对历史、新闻、传说……对所有这些敏感体察和深情抚摸的同时，也伴随着逼视与穿越，诗歌内在的生命和品质正是在这样的过程中得以确立。"小海对我女儿，一个刚开始写作的年轻人，细心辅导。"随手记下感想或者读书笔记，每天记录生活素材。"其实这也应该是我们每个写作者的生活态度。我们太沉迷于欲界一切相，以至于思考的时间都少了。小海每次都能寥寥数语点出现象本质，那是长期不停歇地阅读、思考、写作的结果。我们面红耳赤、疙疙瘩瘩说不上哪个典故哪个史实哪句古诗时，他都能以不太标准的普通话，谦虚地说大概应该是这样的，接着一语中的。这当中，最可珍视的是诗人对人性的关注和悲悯的情怀。浪子、拾荒人、灯光师和乌鸦、蜜蜂、流浪狗、一棵树，他都关注最小的细节。生活与诗，就这样亲切结合起来。

我四十岁离开苏州，在外地工作多年后，才对苏式生活更有体会。小海兄长般关心我的生活和写作。我在暗夜里不安地思索，不自信地写作。小海鼓励我，在异乡写故乡，能拓展文章的维度。于是，我在他的作品里寻找个人体验的元素。事实上，他新近出版的散文集《旧梦集》里就有非常宝贵的创作经验值得我借鉴。在去年一次文学活动中，他更是针对我的个人体验，提出："每个人都是生活经验的'专家'，而且是独特的'这一个'……在他的散文中，有着最自由、放松的状态，把心性反映了出来。"自由和放松，加上坚持不懈的"韧性"，帮助我在探索中前行。

　　写得累了，我随手翻开《男孩和女孩》。"失去的仅仅是一些白昼、黑夜，永远不变的是那条流动的大河"。黑暗中，我的脑子里，总有一条永不停歇的河流，闪耀着人性光芒。小海和其他诗人朋友们，一直在提醒我们，什么是浮光掠影，什么才是亘古不变。

对人性的致敬

——说说《浮世悲欢》中的那些小人物

去年这个时候，无意中翻到芥川龙之介根据唐传奇小说集《玄怪录》改写的故事《杜子春》，我不禁心中一动。于是找了本清朝苏州文人顾公燮编著的《丹午笔记》阅读，以期望发现能改编成小说的篇目。反复读选，确定《金姬》《王琨善唉》《蒋四娘》《朱半仙》《云间神僧》等五六篇。

动笔之后才知道改写比虚构更艰难。忠实原著，等于翻译一遍。坚持创新和虚构，又缺乏足够的认知和想象。后来只能按照笔记中提及的故事归拢、吸收、合并，草草写就《吴城异梦》。我想，是个梦，有点瑕疵也说得过去吧。仔细想来，还是史料梳爬不够，写作底气不足。

今年春天，碰到简雄兄。无意中聊到我的写作困惑。他指出，一百年前芥川龙之介改写的《杜子春》主题、情节、思想等都迥异于原著，在追求田园生活、崇尚人性等方面，芥川都赋予了现代人文气息。我又随口说《吴城异梦》里的一些逸事，他抓住《蒋四娘》解释说，顾公燮收录的这条笔记，很有可能抄录钮琇的笔记《觚剩》，后者生活年代靠前。我好不容易在一堆故纸里找了条笔记，简雄居然随口便答。这就类似《开心辞典》：请听题！你答对了！简雄的深厚文史功底和文学素养，使他无需准备，随时应答。

　一周前，我收到简雄寄来的新著《浮世悲欢》，当即挑灯夜读。记得他上一本《浮世的晚风》，我是在万米高空读完的。飞机上很吵，跟菜市场差不多。但是我的心很静。眺望窗外云上的世界，我们精神想要探索的极致第一是宇宙，第二是历史。宇宙和历史对于人们来说，可能永远是谜。昨天午夜，我读完《浮世悲欢》后，失眠了。那些风流士子、美艳女姝，不停在我脑子里旋转。他们的悲欢离合，正如简雄所说，正史不会留存，只有在非主流史料中，才留了些雪泥鸿爪。一百七十五页正文，引用、串讲一百七十一条笔记、诗词、信札，征引书目七十六册（每册版本多，需互补互勘）。在明清士林生活研究方面，简雄可称"活辞典"。

　梳理史料费时费力，还要与正史照应，去伪存真。个中滋味"如人饮水，冷暖自知"。名士、名姬，是个敏感话题。为什么简雄撇开漫卷的"乱力神怪"，而独深究于此呢？简雄说："我便延续《浮世的晚风》对'历史横断面'的叙事逻辑，并继续选择一个有可读性的叙述框架，试图以'深度和广度'进一步积聚起'明清江南士林文化传播力'研究课题的厚度。"我认为，还有一个基本动因，就是对明清江南士林真实生活的"还原"。

　　我们总是生活在历史的迷雾里，对过去、将来，都深感迷茫。简雄指出："名士悦倾城的'广度和深度'或已成为当年士林日常生活的时尚。"他引用最多的明末清初文人余怀《板桥杂记》中有如下记录："每开筵宴，则传呼乐籍，罗绮芬芳。行酒纠觞，留髡送客，酒阑棋罢，堕珥遗簪。"这样的景象，在金陵、吴门，遍地开花，使人有唐宋盛世的错觉和想象。而此时大明帝国正风雨飘摇。我想到了"末路狂欢"这类词。如果简雄之前的研究将"名人"放在重要位置的话，这次却将视角伸向普通人："生在离乱年代，一位普通人的生命真正有多少意义呢？"《浮世悲欢》中的没了钱柳、侯李、冒董，多了刘姬、于孝廉、小青、郑生、素素、唐拙夫等湮没在时光隧道里的普通男女，尤其对风尘女子给予更多人文关怀。

　　生活尤为艰难的是那些女子，必须掌握士林琴棋书画的技能才有安身立命的基础。比如名姬赵丽华的一首《答人寄吴笺》被收录《明诗综》里："感君寄吴笺，笺上双飞鹊。但效鹊双飞，不效吴笺薄。"才情、感情自然融合于一体。还要通琴道。余怀如此记述顿文的技艺："学鼓琴，雅歌《三叠》，清泠然，神与之浃，故又字曰琴心。"当然，还得把控酒场风云。还是余怀的记录："李三娘长身玉色，倭堕如云，量洪善饮，饮至百觥不醉。"这些名士们热衷或者熟稔的技能，美姝们如果缺失，就会"步调不一致"，没了共同语言，感情自然成为空谈。可是，即便诗酒唱酬俱佳，绝大多数名姬最终还是上演了一出出生离死别的悲歌。因此，《浮世悲欢》中欢是暂时的，悲是永恒的。这也是乱世普通人真实生活的写照。

简雄敏锐地指出："风月场最朴素的愿景只有两个字——从良。"但是光这两个字，对一些风尘女来说，却比登天还难。明文人沈德符在《万历野获编》中，记录了自己的一段刻骨铭心的经历。沈德符年轻时到南京参加科举考试，被两友人拉出旅馆，来到西郊一处幽静宅第。友人把一位姓刘的美姬介绍给沈德符。刘姬样貌令人怜惜："双胪特明秀，鬓发如云，体纤弱不胜衣。"尽管刘姬亲自下厨，陪酒歌舞，情真意切，但是沈德符以考试为重，断然拒绝了刘姬的示好。刘姬神色沮丧。不久，沈德符落第，心情不佳。回乡前，向友人辞行。友人告诉他刘姬已不在人世，因沈德符拒绝婚配引发。刘姬伤心不已，被同行另一人乘虚而入。此人好赌，花尽刘姬积蓄，贱卖刘姬房产、田地，又偷养一个风尘女子。刘姬用三尺白绫了却一生。沈德符气愤地写下："负心至此，恐'薄幸'二字不足以尽之。"林林总总的悲剧人生，拼凑出当时真实生活图景，为我们了解明清士林生活掀开一角。由此，也不难发现，简雄关注"历史配角"，就是对人性的致敬。

暂且抛开历史、文化等沉重话题。简雄精挑细选的故事生动、谐趣，文学价值高。明人李诩笔记《戒庵老人漫笔》

被列入《四库全书》。内中记录"三杨学士"（杨士奇、杨荣、杨溥）娱乐事件。三公与"风月笑星"齐雅秀一问一答，居然未占到半点优势，笑料十足。可见当时士林与欢场是密不可分的共同体。当然也有例外，文徵明就是"平生不见伎女"的典型，就是被人设局，也要保持名节。当隐匿在小船上的伎女突然闪现，"衡山仓惶求去，同爱命舟人速行。"仅两句话就点出了文夫子的窘态、设局人的促狭。

当士子、官员学人醉卧花丛、狎妓自娱，整个国家自然失重。帝国的衰亡成为必然。《浮世悲欢》高明之处在于，避开宏大叙事，着力小事、小人物的发掘。类似冯梦龙改编于《枣林杂俎》的《杜十娘怒沉百宝箱》，使小伎、小吏、小商流传于世。在《浮世悲欢》中，即便没有留下姓名的士子甲、美姝乙，都成为简雄浓墨重彩描述的对象。这既是对人性力量的深度探究，更为解开历史重重迷雾，提供了一把密钥。正如简雄评价余怀时所述："关注一个布衣士子的人生经历，乃试图通过一些被忽视的细节的爬梳，来展现一个政权更迭、急剧转型的社会，是如何影响普通人生命历程的。"

过去、现在和未来，一切皆善

——读沈慧瑛《过云楼档案揭秘》有感

初夏傍晚，我刚临好《智永千字文》八行字，就收到沈慧瑛发来的新著《过云楼档案揭秘》电子版。浏览文档时，目录里"智永《真草千文》卷入藏过云楼始末"一下子吸引住我。相传，当年智永和尚曾经抄写《真草千文》八百余份送江东各寺。然而，那些墨迹本至今几乎绝迹。通常的说法，唯一墨迹真迹本在日本，是唐朝时传入。另一个是西安碑林的薛嗣昌石刻本。过云楼所藏《真草千文》确实真假难辨，董其昌、李宗瀚等著名书法家都提出了自己的见地。沈慧瑛在书中表明，《真草千文》在过云楼收藏目录里排名第一，足见此卷在过云楼主人顾文彬心目中的地位。沈慧瑛以学者的历史观告诉读者：该卷即使不是晋代的作品，也是极为难得的宋人临本。这是作为一名书法爱好者的我阅读此书的第一篇文章，也由此开启自己探秘过云楼主人和书画之旅。

《过云楼档案揭秘》也是循着人、物两条线，细致梳理出二百年来苏州城内顾文彬家族五代人物风貌，展示过云楼典藏风采。顾文彬是沈慧瑛着笔最浓重的人物。没有他，就没有过云楼。苏轼的"譬之烟云之过眼，百鸟之感耳，岂不欣然接之，然去而不复念也"，被顾文彬视为圭臬。或许，正因为当年他把那些珍贵书画都当作"很轻"的东西，才有了藏书在2012年拍出二点一六亿元惊人天价的结果。人的可悲之处在于：越是看重的东西，越是难以如愿。佛教也说，禅就是帮助人们把握生命当下的智慧。因此，一个问题突显眼前：我们用什么来赢得别人的尊重？封建社会的仕途、资本社会的金钱？早在道光年间的顾文彬就有不同选择。实现个人价值最大化的道路有多条，适合自己的才是最好的。

从《君自故乡来》《远行》《灯火阑珊处》到《过云楼档案揭秘》，沈慧瑛的步履沉稳地从当下出发，"探秘"过去。她的散文清新柔和，充满对现实世界的宽容与谅解。她的历史随笔严谨细致，既对历史人物尊敬，又有独到观点。我隐隐觉得：有什么样的作者，就有什么样的历史人物展现在读者面前。沈慧瑛多年来一直跟踪访问九如巷张家四姐妹，以及顾传玠、周有光、沈从文、傅汉思等名人，在她笔下，他们都"柔和"起来。比如沈从文先生对虎丘过度倾斜非常担忧，但他对虎丘风景却十分欣赏，虎丘塔"红白斑驳耸立于蓝天白云背景中，非常美观。上面飞鹰盘旋，八哥鸟成群鸣噪"。他站在虎丘塔"高处四望，只见一片平芜，远近十里全是一簇簇花房，白墙黑瓦，南向部分则满是玻璃窗，目下各种花草还在秋阳下郁郁青青如图案"。这些的确是沈从文写给张兆和信里的原文，但是，选择这些文字的是沈慧瑛。当"选择善与美"成为一种写作态度，那么，过云楼里的那些人物和文物，又会有什么独特之处呢？

顾文彬要求著名画师将自己的形象绘制到《花天跨蝶图》中，还对自己的形象提出具体要求。在普通人看来，这纯属一个文人的自娱自乐之举。而沈慧瑛却将此画的诞生过程放在书的重要位置，得出"文人士大夫对仙界的向往，以及对美好未来的寄望"的结论。初读时，我还不以为然。精读之下，才慢慢品出味道。历经二十多年，才成就顾文彬心中的"完美之作"，是一场艺术的"马拉松"，更是顾文彬从宦海沉浮到退隐观澜的人生写照。名利永远只是眼前的烟云，艺术才是永恒。《吴郡真率会图》里，顾文彬与吴云、沈秉成、李鸿裔等归隐官绅一起出镜，此番他并没有要求"我之小影仍作背而形"，而是"皆画正面"。因为这是一张协会成立的合影，吴郡真率会成立时，七位发起人的肖像画。我把此画看作一个告示、宣言，告白必须直面社会。自此，吴郡著名官绅们将寄情山水、相忘于江湖。然而，最让我深有感触的是沈慧瑛精心选择的一张老照片。假山花丛前，老年顾文彬身穿长袍端坐，左手紧紧握着孙子顾麟士的小手，瓜皮帽下清瘦的长脸，与小孩子饱满的圆脸形成鲜明对比。顾文彬眼里透出晚年对世事练达通透的神气，他身边有了可以将自己"过眼云烟"般藏品继承下去的后辈，他的手轻轻反盖在孙子手上，握得很放心。沈慧瑛选择的两张图、一张照片，让我摸索到顾文彬的生命、思想轨迹。这些相对我们来说都是属于"过去"的图片，却可以阐释为顾文彬时代的"过去、现在和未来"。

细想之下，沈慧瑛的写作不也如此吗？青灯古卷，白驹过隙。《过云楼档案揭秘》，不仅标志着她的历史档案研究更加深入，更显示出她思想的深度。以简单专一的心态追求心灵的安宁。于是，在她笔下，"过去、现在和未来，一切皆善，一切完美"。

厚重生活飘出"轻文字"

——读潘敏散文集《见花烂漫》有感

　　拿到潘敏散文集《见花烂漫》，国内新冠肺炎疫情大大缓解，百花绽放，阴霾消散。从头到尾仔细读完这本书，夏天的滋味已无孔不入。午后某段时间，我歪头靠在椅子上，书桌上散文集翘起一两页，浓郁的栀子花香袭来，文字随香浮动。我似乎眯了一会儿，窗外风声或是鸟鸣惊扰我，蓦地醒来，时间仍在静静流淌。

　　我细细想了一下与《见花烂漫》相类似的文字，突然"呵呀，牵牛花藤缠吊桶，打水便向邻家借"的俳句出现在脑海。俳句，可能是文学中最"轻"的文字了。潘敏的文字轻如俳句，"深吸两口蜡梅花香，我从原路返回。近路抄不得"；"在缥缈峰下吃两杯碧螺春：一杯绿茶，一杯红茶"。俳句精髓在于"惜美"，俳人如果夺桶打水，那么牵牛花就会惨遭枝蔓断裂的命运。潘敏也是"惜美"的，她把婆娑世界里的林林总总倒进大过滤器，流淌出来的便是轻灵至美的文字。她的散文虽然以苏州，甚至虎丘一带为重点描述对象，但是透过这个小世界，我看到了一个透明纯真的内心世界，超凡脱俗。

生活的况味，即便潘敏将其淡化，轻得不想打扰任何事物，但其本质毕竟是沉重的。就像"火车来时气势汹汹，它像一只巨大的怪兽，吭哧吭哧地喘气"。以至于作家产生了独特的"遁世"想法："在深井里，我可以看得见天空，天空看不见我。天空太大，我如此渺小，且在阴影深处……无人处，我更自在。"潘敏以"低到尘埃里"的姿态写作，其实是对世间万物的敬重，所谓"无缘大慈，同体大悲"。散文集第三部分"那些被记录的风物"，二十六篇文章全都描写花草、树木、果蔬，"说了那么多关于柿子的话，其实更多的是怀念人，怀念走过的地方"。写作，必须要有悲悯心态，这样才能流露对人的真爱。

散文集的第一、二部分"我在虎丘""他们的故事"，既是散文，又有小说的影子。"我在虎丘山下度过了二十八年"，光这一句话，就让时空的镜像猛地在我眼前晃动几下。更令人感受到潘敏从容的是，接下来那句："我看见了白兰、玳玳、茉莉花们最好的时光，也看着它们无声地消失。"对啊！人，不也就是那些花吗？孙犁先生给我印象最深的，却是那些写人记事的散文。他随手写下《青岛》这个题目，其实是怀想一位疗养院的年轻女护理员。"萍水相逢，就是当水停滞的时候，萍也需要水，水也离不开萍。水一流动，一切就成为过去了。"潘敏的文字让我想起孙犁先生。宋季丁的"一目不朽"、陈铭祖的"一年上六次坟"、吴会计的"香烟换电扇"、秋一的"墙上字画"、根火与火英的"隔岸婚姻"等，都似乎随手拈来，读来却又意味深长。

　　很少有作家把其他人的作品整篇录入。潘敏做了尝试，她把父亲对姑祖母的怀念文章整篇收录在第四部分"父亲的讲述"里。显然，这是作家最看重的部分，因此，笔墨之间略比前面显得沉重。潘敏把《父亲的城与年》摆到全书最后，起到了"压舱石"作用。20世纪60年代，在生活的窘境里，临近春节，父亲仍孤身前往浙江、江西、湖南等地销售眼镜片，为的是偿还四百九十五元的巨额欠款。父亲在一本深蓝色日记本里，记录下一个月期间的艰辛旅途故事。一些精彩章节被潘敏直接引用。五十多年前的人和事，早已消逝，有些细节更无从考证。但是，潘敏坚持把"旮糠桥""老屋""黑猪婆""吴天墩"等父亲记忆中的"珍宝"挖掘出来，呈现在读者面前，形成一幅那个时代苏州古城风物图。潘敏写道："假如我不问，那个最寒冷的季节，他们大概再也不想追忆，而我无法忘记。"

　　我想，潘敏给了我们一个启示：生活是不能忘记的，即便是你没有经历过的。

下篇：乘月过苏州

小观弄逸事

古城西南有一条"御道"，有人说康熙走过，也有人说乾隆、道光走过。御道末端，一条弄堂把皇帝接引到运河，下江南的船只鼓起风帆，朝南继续驶往杭州。皇帝穿弄堂不多，必须赋予弄堂新内涵。费尽古城秀才脑筋，把弄堂改名小观弄。后世解读百十种，也不知哪种最合前辈老师心意。反正这个名字一直用到了今天，虽然一度被改成"批修弄"，但没几个人记得了。弄堂长不到百米，最窄处仅容两人错肩而过，三十六块门牌，每个门槛里少则一两户，多则十来户，一直保持着古城居民简单淡然的生活习惯。

一张公示牌打破小观弄的宁静。房产商拍下了这块地，将建设"御·大观"别墅群。小观一下变大观，大家却要离开祖辈们生活的地方。这几天，靠着运河的三十六号院子里，小观弄居民们晚饭后，都自觉地聚拢到一起。号称两百多年没有搬迁的陆家是三十六号的唯一住户。前天井、后花园，当中两进住宅。陆文斌打开东厢房的门，弄堂乡邻们都进去参观了好几遍。皇帝歇过脚的房间开放了！御道上的居民也来轧闹猛。陆文斌见来的人多起来，打算关门，可最终放弃了。他坐在天井里，手捧紫砂壶，时不时解答来客的问题。带着叹息，大家抚摸着皇帝坐过的红木交椅、用过的书桌，宽大的杉木地板发出嘎嘎声。

陆文斌送走最后一批客人，圆月正上中天。天井里蟋蟀高歌，桂花树散发淡淡幽香。他走进东厢房，熄灯关门。双开广漆木门吱吱呀呀缓缓闭拢。突然一本书掉落门内。他推门捡书，开灯看书。线装青皮书封印着"小观弄逸事"五个楷体字。他坐在红木椅上，一则则故事从书里流淌出来，他像一条鱼，在故事的溪流里欢腾跳跃，忘了时间和空间。等他回过神，那些黑字正从白纸上飘起来，向空中消散。他奋力去抓、去堵，可到最终，手上只是一本无字书。月光隐退，日光遍洒。他从梦中醒来，趴在书桌上，双手仍是捧书样子。他深深吸了一口气，回忆梦境，似乎书里都是很久以前的事，可细细一辨，却像刚刚发生。打开电脑，他飞快记录下记得的片段，但是，记忆残缺，精美巧妙已不到原书的十分之一，无由头没交代的情节多，时代、岁时更不得考。

包一刀

　　包家世代务农。一年大旱,庄稼绝收。包大郎卷铺盖带妻子、一双儿女进城讨饭,一家人蜷缩在城隍庙坍塌一半的侧殿里。包大郎外出当打杂工、临时工,包大娘替人洗衣、帮佣,度日艰辛。

　　忽一日,殿外熙熙攘攘。包大郎探头问讯。城隍庙前的御道年度大祭,开集市,有大布施。包大郎夫妻连忙拿了锅盆,混入人群,向布施点小观弄口挤过去。不巧的是,好不容易挨到,饭食却施光了。包大郎坐到墙角唉声叹气,包大娘不停指责他动作慢。包大郎懊悔地用手捶墙壁。突然,墙壁向内塌下去一个小洞,两人吓一跳。隔了一阵,见四周无人,小洞没有动静,包大郎伸手进去,摸出来一个蓝印花布小包裹。

　　回到破殿,包大郎才在油灯下展开小包裹。包裹内嵌插袋,大小不一的六把刀分插其中,露出锋利刀头、刀刃。一家人端详着奇怪的一组刀,大眼瞪小眼。包大郎继续摸包裹夹层。一卷纸掉了出来。打开一看,大家都明白这些刀的用途了。一个念头在包大郎心中升起,他要靠这些天赐的刀谋生。

　　天渐渐冷起来。浴室生意红火了。包大郎如愿在一家大浴室当上杂役。浴室从午前开炉,到深夜熄火,整天烟雾缭绕。水气、烟气混合成一种独特的气味,浴客们优哉游哉,大池泡得全身通红,躺倒杉木凳,被师傅搓、揉、捏、拍后,脱胎换骨般披上浴巾来到大厅躺椅上，一杯茶、一支烟，抬眼看烟雾缓缓攀上高架杆子上的衣裤。

包大郎做事的时候，眼睛都舍不得离开修脚师傅。他已经牢牢记住那些钎脚刀的名称：刮刀、锛刀、平口刀、斜口刀、大片刀、钎指刀。浴室里有三个修脚师傅。张三是顶级师傅，点他的客人特别多。李四是老师傅，不愿排队等张三的，就喊李四。王五是个年轻人，刚从外地来，客人们不熟悉他，张三李四忙不过来，让他顶个把活。包大郎喜欢张三的活。一套刀在张三手上，上下左右翻飞，不到半小时，指甲、老茧、脚气、死皮等全部消除。客人双脚光滑柔软，焕然一新。

可张三有意识隐藏修脚技术，他穿的对襟衫特别肥大，面对客人坐下后，只望得见忙碌的双手，那些细微的动作，都被宽大衣服遮挡。李四倒是不遮遮掩掩，可包大郎嫌他活太粗糙。客人一多，王五也得帮着包大郎做些杂务。

"我看你对修脚挺感兴趣。"

"我有一套好刀。每天回去，我都用一小块丝绸仔细擦三遍。看着那些闪着寒光的刀口，我想到一片片落下的雪花。"

"好刀不用可惜了。"

"我不会用。"

"看你人实在，回去我求求师傅，让他教教你吧。"

包大郎回去把这个好消息告诉包大娘，两人兴奋地打开印花布包裹。刹那间，他们傻了眼。六把刀全都不见了。连那张简易说明图都不见了。包大郎眼冒金星，一头栽倒在地。

包大娘一边掐丈夫人中，一边喊两个孩子。

"刀哪里去了？"

"给一位白胡子老爷爷借去了。"

"为什么借给他？"

"他给我们这个。"两个孩子把手伸出来，每人手上一块枣泥拉糕。包大郎用足力气，打掉两块糕。

"你们就为这点吃的，就把我的刀给他啊？"

"老爷爷说借借就还的。"男孩鼓足勇气低声说。

"陌生人的话你们也信啊？"包大郎又气又急，猛地站起来就崴了脚。

"他还说，好刀配好人。"男孩的话深深刺痛包大郎的心。他收拾起蓝布，放进贴身兜里。

包大郎照常到浴室做工。虽然他还不会修脚，但已看不上李四、王五之流，一心想着张三能够传授技艺，对王五师傅并不上心。奇怪的是王五自从那天聊起师傅，再也没有提起，似乎忘了这档事。

包大郎狠狠心，把攒下的铜板全往柜台上一顿："修脚全套，特点张三！"

李四王五等人惊讶地看着包大郎浑身泡得通红，往皮躺椅上一躺，伸出指甲奇长、老茧众多、脚癣密布的两只脚。

张三不说一句话。天窗上射下的光线，还差一点距离。张三把包大郎的脚稍微往下拉一下。先从包大郎的左脚开始。再宽大的衣服都挡不住张三的动作了。锛刀打头阵，又轻又快，灰趾甲、厚趾甲一层层被打薄。平口刀、斜口刀分别切削长指甲，又准又稳。钎指刀一次次探入趾甲沟，把陈年横长的甲根挑出。刮刀从小趾甲缝开始扫荡脚癣，时紧时慢、时轻时重，包大郎在难以言喻的酥麻快感中，领悟到为什么这么多人点张三修脚。最后大片刀出场，几乎就是表演了，张三左手托脚，右手飞快片刀，死皮像雪片般飘落。包大郎卷了一支烟，浓烈呛人的烟直入肺腑，近阶段的焦虑一扫而尽。张三面无表情地抖落碎屑，卷起刀具，站直身子。

"等等！"包大郎扔出三枚铜板。张三转身接住，瞟了包大郎一眼，默默转身离开。

王五踅过来，坐到包大郎身边，要了一撮烟丝，撕张纸卷紧，点上。

"你那事，我没忘。"他手指朝上点点，"师傅一直没有回准信，我也着急。"

两人的烟都抽得烫到手指，王五嗍最后一口，下狠心似的扔掉烟屁股。"算了，我带你去！不过要等机会，一开始你还得躲在边上看，不能被师傅发现。"包大郎还在回味张三的修脚技法，不时地点头。

过了差不多一个月。一天上班后，王五关照包大郎浴室关门后跟他走。

深秋的夜晚已经很凉了。从浴室走没多久，寒气就迫使两人裹紧身上单薄的衣服。包大郎完全沉浸在刀法中，一路上问了好多，王五的回答他并不满意。包大郎内心矛盾起来。

三转两转，王五带包大郎来到御道，经过城隍庙前门的时候，包大郎转头朝里望了望。小观弄到了，王五推开弄口的一扇门，回头示意包大郎在外等候。包大郎觉得这地方熟悉，左右一看，竟然是几个月前挖到蓝印花布包裹的宅子。他不禁打了个寒战。

从运河方向刮来的穿堂风，像小刀似的刮在他脸上和身上。他缩进门洞里。门开了一条缝。他凑上去看，漆黑一片；听，只有风声。他悄悄拉开门，进去探个究竟。

经过一个庭院，来到客堂前，他隔窗向里张望，客堂正中悬挂一幅中堂，画中一位白胡子老人斜靠假山，袒胸赤足，正举着葫芦往嘴里倒酒。一派恣意舒坦的样子。画前两把红木椅、一个红木茶几，两边分置几把交椅。烛光不明不暗，客堂里空无一人。他觉得身上有点冷，推开长窗，进到屋内。

包大郎坐在最外的一把交椅上，静静等候王五。屋外风紧，窗棂咯咯响。屋内暖和，一股力量拉他往下坠。

一阵嘈杂，包大郎抬头往里看。屏风后转出三个人，两位白胡子老人长得几乎相同，不仅胡须，头发、眉毛都白。王五低头垂手跟在后面，不发一言。最前面的老人火气正大。

"你这个不成器的东西！小狗小猫都比你强。"

"好了好了，毕竟是我们教出来的，他不行，你我都没面子。"另一位老人劝解道。

"我得再找一个。"

"要是也像他那样，你岂不是自讨苦吃？"

"咦！这里有个人。"

王五这时才敢出声："师傅，他就是上回我介绍给您的那人。"

包大郎连忙起身，拱手作揖。

打头的老人仔细打量包大郎，又让他伸出双手，正反展示。

老人回头。"我教他，一个全不懂修脚的人。你帮助王五提高技艺。一夜下来，他肯定比王五强！"

"怎么比？"

"让他们互相钎一次脚。"

老人带包大郎来到西厢房，点亮蜡烛的时候，包大郎差点叫出声。一房间全是木头脚。

"你仔细看好了，我只教你一次。"

老人从宽大袖口深处拿出六把刀，即使在烛光下，那些刀也发出亲切熟悉的光亮。包大郎刚想出声，内心有一只手把他摁住了。

老人的手法稳健，快慢结合，六把刀先后上阵，不一会儿，原本毛糙的木头脚，变得光滑细腻。

拿起那几把刀，包大郎刹那间静了下来。他修第一只木头脚的过程中，竭力还原老人的手法，钎得很慢。老人不时在边上纠正他动作。

第二只木头脚开始，老人走出了西厢房，丢下一句："天亮之前把这些脚都修好。"

这是包大郎经历过的最漫长的一夜。自己动作慢，一只接一只脚认真修，按照经验，十几只下来，天早就亮了。可完成了大半个房间的任务，窗外还是漆黑一片。风停了，里外一片静寂。怪的是，他不觉得累，反而干劲越足，门道越摸越清。手里的刀渐渐与手融合到一起。他又想起儿子的那句话："好刀配好人。"于是，又低头继续干活。

手上的木头脚越来越清晰光亮的时候，门被推开了，两位老人走进来。包大郎这才发现，原来日光已经穿透窗户照进室内。他忙起身鞠躬，喊声："师傅早！"

老人并不拒绝这个称谓。"我带你师叔来看看。"

两位老人随意拿起木头脚端详。包大郎被一房间光滑细腻的木头脚围在当中。

"可以比了吗？"师傅话音轻却很硬。

王五先给包大郎钎，动作飘逸、刀法到位，与浴室里的王五判若两人。包大郎在惊诧中，欣赏着不输于张三的细腻手法，不一会儿，一双整洁光滑的脚从污垢中剥离出来。王五朝师叔投去问询的目光，师叔点头微笑。

王五坐下，脱鞋的时候，朝包大郎坏坏地一笑。包大郎看王五的脚时，愣住了。一只脚的五个趾甲都像鹰嘴般深深嵌入肉中，另一只脚的趾甲全像铁片般铿锵有声。第一双真人脚，就遇到高难度。他望了一眼师傅，老人右手往下按按，神态自然。他拿起刀的瞬间，从一夜间使过的无数种刀法中挑了两种分别对付怪异脚趾。他还灵活多变，创造自己的技法。碰硬，大刀小角度平削。遇软，小刀大角度直切。鹰嘴脚趾修干净后，形成一道深深的沟。铁趾甲被削平后，剩下薄薄一层软软的白趾甲。最后，包大郎拿出身边的蓝印花布，给王五一双脚扎扎实实捏了一遍。王五愉快地笑了起来。两位老人也跟着笑了起来。笑声越来越大，震得屋顶的几块望砖掉下来，"啪"地砸到包大郎的头。

包大郎跳了起来，从梦中惊醒。哗啦啦，六把刀掉落在客堂地上。还是夜里，外面风还在使劲吹。从屏风后转出一个管家，看到包大郎厉声喝问。包大郎回答王五请来的，还有师傅、师叔等。管家全然不知，往外轰他。

回到小观弄口，包大郎估摸一下时间，竟然梦中一夜，现实一刻钟。他慢慢地把六把刀一一装进蓝印花布包裹里。刀从梦里回到自己手上，而自己心里似乎也装满了信心。

隔天，包大郎到浴室上班，急着找王五。可他没来。过了一段时间，人们对是否有过王五都产生怀疑。一天，张三、李四都请了假，老板正要回掉要求修脚的客人，包大郎请缨。老板怀疑地站在一边看。包大郎一套刀像已经使了十多年的样子，快速、准确、灵活。客人一个接一个要求钎脚，原来没有意愿的也挤了过来。不知哪个人在人群后大叫一声："包一刀！"从此，包一刀的名声在古城响了起来。

包一刀很念旧，在小观弄口开了个修脚铺子，正对着蓝印花布包裹发现的宅邸。每天人来人往，恍惚中，包一刀总觉得师傅、师叔和王五混迹在内，于是，更加勤勉，不敢懈怠。

吴一勺

小观弄有块凹进去的地方，吴一勺的"小观楼"酒楼稳稳地扎在凹字内。不管是朝南大堂，还是朝东或者朝西的包房，都可以看见一面滚金边的黄旗，上书三个魏碑体大字：吴一勺。

天色未暗，小观楼的伙计们就开始忙碌起来。接货、淘洗、切配等活有条不紊地进行着。

吴一勺端张竹交椅坐到店门口，路过的乡邻跟他打招呼，他笑着回应，不时抽一口铜烟袋。恍惚间，自己本名似乎在心底冒了一下，可一瞬间又沉了下去。天边的星星一颗颗出现了。

他的精确记忆从小观弄河埠头开始。当时他全身湿透，一件短衫、一条单裤紧紧贴在瘦小身体上。在十一月的寒风里，他被冻得直打哆嗦。

"小观楼"老板吴德富经过河埠头，看到一群人围着一个像从水里捞起的男孩，忙问怎么回事。没人说得清楚男孩从哪里来。七嘴八舌争论后，人们得出初步结论：大运河运粮船上掉下来的。

吴德富不这么认为。船上掉下孩子，大人们必定停船来找。船上人再穷，行船风浪大，不会只给孩子穿单衣。最关键的是，这个孩子什么都不知道，什么都忘了。

吴德富把棉马甲给孩子穿在身上，拉着他的手，走到"小观楼"店里。那时，他还没有大酒缸高。生意人喜欢讨口彩，孩子既然从运河里来的，大家就叫他"水兴"。

水兴不爱说话。伙计们想从他说的寥寥几句方言中猜他家乡，不过意见只能集中到里运河一带广阔地域。有一次，店里进了黄鳝。水兴看见，随口说了句"长鱼"。这下大家起劲了，有经验的厨师说只有淮阴那边才叫长鱼。他们盯着水兴问，似乎循着黄鳝的钻劲，就可以揭穿水兴的身世。可长鱼出口，水兴就什么都不说了，任凭威胁利诱。

水兴其实挺讨人喜欢的。小小年纪做事就认真。一麻袋土豆往他眼前一放，他会从早坐到晚，一刻不停地把土豆皮全削了。吴德富把孩子的专注看在眼里，他想出了培养一个优秀厨师的办法。

一个小铁球、一个大皮球摆到水兴面前。他仰头看着师傅，不解其意。吴德富亲自示范。手拍皮球，手臂不能动，用腕力将皮球拍起，每天拍一万次。手抛小铁球，手臂也不能动，以腕力抛起小铁球，每天也是一万次。

刚开始时，水兴不用胳膊力量，根本无法将球拍起或者抛起。但他是认真的，拍起、抛起一点也算进步，严格按照师傅示范来做。手腕红肿，关节酸痛，他都熬过来了。当轻松地每天拍一万次、抛一万次时，他发现自己已经比大酒缸高了。吴德富没吱声，转身换了一个大皮球、一个中铁球，扔在地上。要求不变。水兴默默地又转身练开了。同时，他还干店里大部分洗刷、搬运的事情。枯燥的练习和劳动中，他羡慕那些站在灶台边炒炒爆爆的大师傅们。他幻想有一天自己能够在火红的炉火上，轻巧地颠勺翻锅。

皮球和铁球换了好几次，水兴克服困难，腕力和臂力都达到了惊人的程度。他也长成了一个羞涩少年。当他开心地向师傅要求正式学习厨艺时，吴德富又提出一个要求：左手拍球、右手抛球，同步进行，每到一百次换一下手，总数一万次。还规定了完成时间。水兴看着后来被师傅招进店的小学徒们，都开始在砧板上练刀工了。他内心着急，左右手异步总是协调不好，不是跑了皮球，就是掉了铁球。小学徒们在一旁哄笑，他又气又恨。

一天晚上，水兴做了个梦。一个昏暗的屋子里，一个戴头巾的慈眉善目的妇女正在纺车前纺线。她一手摇纺车，一手放棉线。摇摇放放，手中的棉花温顺地变成一根根棉线。梦似乎打通了他的记忆。醒来后，他发现自己眼睛是湿润的。梦中的那位妇女，特别善良、温柔，干活的过程中，脸上也一直带着微笑。她肯定是最亲的人！水兴这么想着，按照她从容纺线的样子拍球、抛球，几天下来，竟然熟练起来了。

不用水兴找，吴德富自然出现在水兴面前。他带来一把菜刀，一个削了皮的土豆。简单示范了切片、再切丝后，让水兴操作。一旁的小学徒们都笑他要出丑了。水兴拿起菜刀的一瞬间，耳边响起吴德富的声音："用腕力，集中注意力，尽量切薄、切细！"

从未拿过菜刀的水兴，提起刀的时候，想起抛球的技巧，切下去的时候，用了拍球的力量。开始几刀有点生疏，之后像在规定时间内完成拍球、抛球任务那样，没多长时间，就比其他学徒切得果断、干脆、迅速。小学徒们看着水兴行云流水般的动作，悄悄收起拎在手上原本跃跃欲试的刀。

一年时间，水兴的刀工远远超过所有学徒，已经可以与店里厨师一比高下。吴德富却仍让他洗、切、配，不让他掌勺。水兴空下来，还需要继续练习皮球和铁球，这使他很纳闷。

终于，有一天，吴德富将一把全新的铜勺交到水兴手中。不过，却不是让他到灶头上。门前空地上摆了一只装满黄豆的瓷缸，另外还有一只空着。

"掌勺之前，先要练习'勺工'。"

水兴默默地把铜勺接过去。

"这批黄豆一两大概三百颗，也就是一钱三十颗，你要做到一勺一钱，也就是一次捞三十颗到空缸里。等你闭眼都可以做到一勺三十颗后，再来找我。"

水兴并没有觉得手酸胳膊痛，只是手上没什么分寸，勺子更没有准头。要做到师傅的要求，一点把握都没有。

突然，他看见高大朴树上的大伯劳衔着一条大青虫喂食小伯劳。对啊！伯劳的嘴就是人的手。我要把勺子也变成手。

从那天起，水兴喝水、吃饭、做事都用勺子代替，睡觉时也把勺子放在枕头边上。开始时，给日常生活带来很大麻烦，大家都笑他傻。吴德富看在眼里，心里暗自佩服水兴的勇气。

半年过去了，那些事情都被勺子征服。正当大家期待一勺三十颗黄豆场面出现时，水兴却把勺子换到了左手。左手不是他主力手，做事更加别扭。这次他花了一年时间才把勺子使熟练。

水兴在练习中成长，不知不觉已是英俊少年。当三十颗黄豆一勺接一勺稳稳地落到空缸时，大家惊叹的并不是水兴技术如何纯属，而是他微笑着，几乎没往勺子上瞟一眼，就用左右手完成黄豆的两次迁移。

"二钱!""半两!""一两!""三两!"

好事者取来秤，按照大家喊出的数字让水兴把相同重量的黄豆一勺抄出，放进秤盘。吴德富也来了劲头，亲自校验重量。几乎没有差错！于是，他数着数字，心里想着一桩事情。

不久，小观弄里流传开一句顺口溜："黄豆粒，一勺下，分量准，水兴娃。"

吴德富在小观楼上听到街上儿童叽里呱啦喊着唱着，不免焦躁起来。在全面传授技艺之前，他与水兴谈了一次。

"你知道师母去世早，只留下翠儿一个女儿。她性格内向，说话常带三分羞。继承我这与众人打交道的行当很难。"吴德富叹了口气，话锋一转，"你从水上漂到小观弄，我视作上天给我的礼物。如今，你基本功练扎实了，我想进一步把厨艺都传给你。"

水兴闻听此言，立刻扑通跪倒在地，叩头谢恩。

吴德富把他扶起，"你先别磕头，传授给你技艺，必须答应我一件事。"

"师傅，我人都是你救的，不要说一件，一百、一千件我都答应。"

"从今天起，你跟我姓吴，入赘我家，你跟翠儿的孩子也姓吴。"

翠儿比水兴大三岁，饭店生意虽然上不了手，但是工于女红，水兴的衣衫什么的都是翠儿亲手制作。一个接触不到什么男孩，另一个也没有什么女孩可遇见。水兴早在心中对师姐产生了美好的向往。吴德富一说，水兴自然满心欢喜。

"师傅做主，我感激至极，唯有从命。就怕师姐不乐意。"

吴德富心中石头落地，在于水兴透底之前，已经问了翠儿，翠儿羞了个满脸关公，只说既然父亲定了，又何必再问。

水兴就像一个被压了太久的弹簧，能量一下子释放出来。吴德富只需稍微一点拨，他马上领会，还创造性地将师傅的技法再往前推一步。

水兴和翠儿成婚之后，更加刻苦练习厨艺，以前的基本功每天都复习一遍，刀工、勺工等日渐精湛。水兴第一个儿子诞生后，吴德富感觉自己应该把生意交给水兴打理了。可他总感觉水兴还欠那么一点东西。想来想去，他终于明白，水兴还没有叫得响的名头。

他让水兴把以前练习的基本功集中到一点上，就是"准"！炒菜的时候，勺子绝对不用第二次，取主材、抓辅料、配调料等都是"一勺"解决。

水兴的勺工已经到了很精准的程度，但是让他每勺必准，还是很有难度，他必须把黄豆的分量转换成各种不同的食材、作料。失败多次后，有一晚他与正在油灯下缝补小孩衣裤的翠儿叹苦经。说着说着，他猛然发现翠儿跟他搭腔时，并没有看手上的活，但是一针一线都非常到位。他试着将妻子的眼睛蒙住，翠儿照样把活完成得很好。

原来功夫在"心头"啊！手和眼都受心的支配，只有练到随心所欲，才能把手和眼解放出来。

　　水兴起早贪黑练习，他心里明白，"一勺制胜"的秘诀就在于纯熟。在关键技术上，吴德富也会替他把关，比如火候、时间、先后等。吴德富认定"一勺"的目的要使菜品更有鲜味，必须把小观弄后面的大运河带来的新鲜食材的"鲜"，快速、准确地锁定。

　　渐渐地，小观楼新当家"吴一勺"的名声从小观弄走向了古城各个角落。人们蜂拥而至，想一睹"吴一勺"的风采，品尝"吴一勺"炒菜的独特鲜味。个个都说"吴一勺"炒出的菜，鲜得眉毛都要掉下来了。

　　这实在是吴德富的一个小伎俩。他再三叮嘱菜单挂出去的时候，一定要经过他审核，一勺炒菜都得选用笋、茭白、蘑菇等自带鲜味又当令的食材。

　　一个夏天的中午，店里来了一位邋里邋遢的乞丐模样的客人，进门就点"吴一勺"的炒菜。当天挂出的菜单中，邋遢客人点了时令菜清炒鸡头米虾仁。跑堂伙计问还要什么时，他摇了摇头。伙计刚要喊话到厨房，邋遢客人制止他。

　　"我有个条件。不仅味道要好，还要吴一勺亲自炒，鸡头米粒数是虾仁的一半。"

　　跑堂看出来这人是找碴的，以前也出现过类似的客人，但是条件没有这样苛刻，这几乎是必输的赌局。

　　水兴走出厨房，来到邋遢客人身边。此人看上去脏兮兮的，可双眼炯炯有神，神态洒脱自在。水兴对他深深鞠一躬。

　　"您能提出这个要求，是对我技艺的高看，我邀请您到后厨观看这道菜的制作。"

邋遢客人冷冷的表情中闪过一丝笑意，把手一挥："前面带路。"

水兴几乎没看，就从一大碗浆好的虾仁里挽一勺进低温大油锅，粒粒化开，随着油温升高颗颗饱满起来。用漏勺抄起。另起小油锅，将虾仁倒入煸炒，快起锅时，勺子伸进盛新鲜鸡头米的桶里，一勺而起。鸡头米进虾仁当中，稍稍翻炒数下，即起装盘。

一股清香在邋遢客人鼻子下盘旋，他跟着这股香味，来到大堂。

此时，闻讯赶来的小观弄居民挤满了大堂。

"你没有放任何调味料？"

"您尝尝便知。"

数好十粒虾仁、五粒鸡头米入口，邋遢客人在嘴里盘桓好久，连眼都眯了起来。最后吐出四个字："清香入味！"

睁开眼，他取出几个铜板，给围观的几个少年，让他们认真清点盘中虾仁数和鸡头米数。盘点结果很快出来，一粒不多一粒不少，鸡头米恰好是虾仁的一半。

邋遢客人哈哈大笑，站起来，大叫一声："取笔墨纸砚！"

唰唰唰，几下，"吴一勺"三个遒劲有力的魏碑体大字出现在纸上。写完，从腰际挖出一枚印章，嘴对着哈气，猛地戳在"勺"字的左下方。随后，他拨开人群，仰天长笑着走出小观楼。

吴德富请弄里秀才看印章上的名字，秀才惊叹。

"铁云之印，作者应该是刘鹗，洪都百炼生啊！"

吴德富对一代文学家、金石书法家还是略知一二的。当下把刘鹗书写的"吴一勺"印裱在旗帜上。

每天，当水兴看到高高飘扬的滚金边黄旗，就告诫自己，传承师傅技艺的最好办法，就是不断创新。

戴一帖

戴一帖流寓到小观弄好多年了。他原名戴巉，字一夫，精奇门壬遁之术和中医之道。小观弄一带居民经常求占一课，所占结果无不精准；请他诊脉开方的，大多一帖见效。渐渐地，原名被响当当的外号代替了。

刚来的时候，他还是个小伙子。在城隍庙边上找了一间破旧小屋居住。每天吃半升米饭，不近酒和荤腥。不久，城隍庙道士跟他混熟了，经常邀请他去聊天。一天，聊得兴起，不知不觉城楼上敲了三鼓。道士们听他说那些奇趣故事入迷，竭力挽留他住庙里，并说庙门已锁，先生想回都无门了。他笑着继续讲故事，讲到关键时候，忽然停住，去上厕所。道士们伸长头颈等他回来，左等右等不到，于是去厕所、殿堂、客堂等处找了个遍，还是不见人影。道长连忙拿钥匙开庙门，带着几个徒弟，左转右转来到他住处。还没到门口，就听见屋内鼾声如雷。道长直挠头，没开门，院墙又高及两丈，他是怎么出去的呢？

某日，邻居家沈婆婆哭到戴巉门上。说自家刚学会走路的孙子，近午时分不见了。戴巘让她不要着急。转身给她占了一课。

"明天午时，有一位老头，一手提一只竹篮，里面装了一只鸡和几块咸肉，另一手搀了你家孙子，经过你家时，把他拦住就行了。"

隔天午刻，沈婆婆和家里人都在门口翘首盼望。果然，远远地，走来一位老人，情状与戴巘说的一模一样。

沈婆婆把老人拦下。小孙子见到亲爹亲娘开心跳跃，老人这才放手。细问之下，老人原是城防老爷的管家，今早请假出门看望刚生小孩的女儿。在集市上买母鸡和咸肉时，发现一个刚会走路的孩子没大人带，东晃西逛很危险。他上前牢牢搀住孩子的手，市场内外问了好多家，都说不是自己的孩子。坐在小吃铺给孩子吃了点糖水点心后，一路往女儿家走去，不料经过小观弄口，遇到了沈婆婆他们，等于把孩子送了回来。

类似几件事情，被好事者越吹越神。来找戴巘的人多了起来。有人不惜花费巨资占求一课。可他有规矩。

"我怎么能够做卖卦求财的事呢？"

于是，他把精力都用在制作膏药和药丸上，靠卖治病救人的中药和给病人诊脉看病为生。一位病人从戴巘开的方子上找到亮点。他是第一个向戴巘求字的人。接着，更多的人涌向戴巘的陋室，为的就是求一幅他书写得严谨内敛的"率更体"书法作品。不到半年，小观弄大部分店铺都换上了戴巘写的匾额。"小观楼"老板吴德富也在一楼大堂挂了多幅戴巇的字。令小观弄居民肃然起敬的是，每次得到"润笔费"，戴巇都把这些钱用在施舍穷人、病人上。他还是那句老话："我只要白饭配萝卜就天天是好日子。"

城里有个吴员外，家财万贯，还拥有庄园好几座。一日，员外母亲得病，请了好多郎中诊治，都不见效。友人推荐去戴巇那里看。吴员外眉毛紧锁。

"我早就想去请戴巇。可听说他只治穷人，不治富人。我去怕是碰一鼻子灰呢。"

话音未落，门房来报，戴巇让人带来口信。

近段时间，城里大乱。运河发大水，多个县遭难。大量逃难民众涌进城里，饥渴难当，流落街头。

戴巇的口信很实在：只要吴员外捐白米五百石，芦席棚六十座，就愿意破例为吴老太太治病。

吴员外立刻依照戴巇的要求办。还亲自到发放点检查物资到位情况。然后再到小观弄请戴巇。戴巇欣然前往吴宅。望闻问切后，他对吴员外说："老夫人是慢病急发，你不要迷信所谓的'一帖见效'，此病需要调理，一年可愈，其间我会开不同方子，你只管抓药便是。"

果然，不到一年，吴老太太恢复如初。虽然戴巇不执着于自己'一帖'的名号，但是大家对他更加敬重了，在他们心目中，戴一帖是"正气"的象征。

一个酷暑天的傍晚，戴一帖到郊外访友陈恪勤。两人在豆棚下乘凉聊天，聊得兴起，陈恪勤总觉得缺少点什么，于是进屋拿壶去买酒。他要与戴一帖夜饮畅叙。

戴一帖在豆棚下等友归来。突然，一少妇踉跄而来，神情闪烁，过豆棚时，对戴一帖低首一拜，匆匆进屋。戴一帖看得仔细。少妇进屋时似乎落下了什么东西。他走到门口一看，原来是一条麻绳，再一闻，奇臭无比。便取火烧绳，不一会儿绳子燃成灰烬。

不一会儿，少妇转头出门找绳，不见，问戴一帖要绳。戴一帖指指边上的那堆灰烬，不言自明。少妇急了，披头散发，吐舌吹气，吹出来的气阴冷无比。戴一帖也鼓胸中之气吹之，气所到之处，少妇身形恍若气泡，随风飘散。

此时，陈恪勤买酒归来。戴一帖忙让他进门看陈夫人。陈夫人竟然已经悬梁床头。把陈夫人解下，发现气息未绝。拍胸灌汤掐人中，陈夫人苏醒过来。

原来，陈恪勤进屋拿壶时，身上一摸，分文皆无，转头看见夫人头上的钗头，想以此换酒。夫人不舍得，陈恪勤一怒，打了夫人一记耳光，并拔了钗头而去。陈夫人愤怒的时候，突然出现一个女鬼，哄劝她上吊自尽。陈夫人迷迷糊糊之间，就上了当。幸亏戴一帖以正压邪，救了陈夫人一命。夫妻两人对戴一帖感激不尽。

小观弄附近有个寠人之子，生来是哑巴，长大后替人舂米为生。他生性随和，从不与人计较工钱，舂出来的米分量足质量好，人们争着把稻谷挑到哑巴家。十多年如一日，哑巴把每天劳作所得的十几文钱，用在放生上。商贩见他来买鸟雀鱼虾，也都以低价贱卖给他。有好事者带着哑巴来跟戴一帖说，能不能治一治哑病。戴一帖当即为哑巴占上一卦，随即开了一张方子，让他们抓好药后，放着不动，待哑巴三十岁生日那天清晨服下。

哑巴生日很快到来。当天起床后第一件事，就是喝下戴一帖配制的药汤。日出时分，哑巴突然开口说话，窦人夫妻和乡邻们惊叹不已，连忙带着哑巴来到戴一帖小屋，磕头谢恩。

戴一帖扶起他们："我那天看哑巴，心思专一，胸中有一腔爱之热血，与天地的氤氲之气相感，总有一天，他会冲破障碍，说话无碍的。我的药只不过把这个过程稍稍往前提了一点而已。"哑巴热泪涟涟，引得众人感慨不已。

有一天，教书的张文生先生的学生急急忙忙来请戴一帖。戴一帖马上赶到学堂。张文生端坐案桌后，双眼紧闭，不时嘿嘿一笑，似梦非梦。如此状态从早上开课不久开始，已历一个多时辰。学生们有惊愕的、有好奇的，就是不敢动老师一根手指。

戴一帖走上前，伸手在张文生后背上轻拍三下。张文生嗯了一声，缓缓睁开眼。见到戴一帖感觉很奇怪。

"戴先生，您怎么到学堂来了？"

"是您的学生急着找我，我就赶过来了。"

学生们七嘴八舌地把刚才张文生的样子描述了一遍，张文生大感惊讶。

"刚才，我感觉有点困，就让学生们抄写《论语·为政》。自己把头往后一靠，感觉刚做了几个有趣的梦，就被戴先生叫醒了。"

"您都梦见了什么呢？"

"我梦见鬼了，一个大肚鬼，身高不满三尺，白白的肚子像个大大的笆斗，蹒跚而来，靠墙而立。一个醉鬼跌跌撞撞经过，用脚踢他的大肚子。不料大肚鬼把肚子往里缩进，醉鬼的脚被柔柔的肚皮肉缠住了，而大肚鬼的头和五官都鼓得大大的，成了大头鬼。我就笑出来了。"

学生们诧异的是，先生睡了这么久，说出来的内容似乎是一瞬间的事情。

戴一帖沉吟一下，开了一帖药，让学生们去抓药。

"您白日梦见鬼，特别是早上阳气上升的时候，说明您阳气还是不足。我刚给您开的方子就是补阳气的。鬼也是势利的，见人袍服华贵，远远地会作可怜乞讨状；见衣衫褴褛者，揶揄藐视，还会抓泥土撒在人面上、牵蜘蛛网蒙人眼。而被鬼指骂嘲笑的人，也会遭受厄运。我开的药的作用，一是让您不见鬼，二是让鬼在您威严形象面前，远远逃遁。"

张文生先生服了戴一帖的药，从此没有再撞鬼，一直精神矍铄地活到了八十多岁。

不知不觉中，戴一帖在小观弄住了二十多年。年过五旬，却依然神采奕奕，每天仍然白饭、蔬菜，自得其乐。只是每当乡邻问起老家之事，他总是三缄其口，但每次乡邻求医问药，他格外耐心细致。

有段时间，几个南方医生来到古城，开起医馆。因诊费、药费都相对便宜，吸引了不少人去看病、抓药。一时间，那几个医馆门庭若市。戴一帖又做起给商户写对联、匾额的营生。乡邻们劝他降点费用，戴一帖并不搭话，而是转身进房，捧出《伤寒悬解》《金匮悬解》《四圣心源》等八部医书。

"我所用医术、药方，都是根据这些经典医书上所载，结合诊疗过程中病患的特殊性确定。收取费用，已到最低。如果那些医生收费太低，只能是在用药上特别轻，这样是达不到治疗效果的。"

果然，一个阶段后，大家又纷纷回头来找戴一帖治病。没了生意，那些医生只能卷铺盖走路。

戴一帖叹息道："顾亭林曾说：'古之名医能生人，古之庸医能杀人。今之庸医，不能生人，不能杀人。'那些医生虽然一时不至于杀人，对付小毛小病或许还能有点效果，但对大病、急病，拖延贻误治疗的最佳时机，那真是会要命的。"

大家闻听此言，对他的悬壶济世的品格敬佩不已。新来的知府听闻戴一帖的名声，想要召见他，却被回绝了。于是，知府暗地里派人调查戴一帖的身世。

原来戴一帖是南通州的拔贡生，因一次意外而杀了人，逃亡到古城。这些年来，他一直吃素，穿粗布衣服，是因为当年父母亡故，未能奔丧而守孝的缘故。知府对戴一帖更加敬佩，想让他进衙门做事，戴一帖不肯；推荐到军营里做医官，戴一帖还是不肯；给些资金，办个医馆，戴一帖还是不肯。几次三番，戴一帖觉得古城待不下去了。

一天清晨，戴一帖轻轻掩上陋室小门，走出小观弄，从此没有再回来过。

乡邻们想念戴一帖，也抱怨他不打招呼就离去。每当有旅客进小观楼吃饭，或者有货郎担货路过，大家总会打听戴一帖的下落。

终于，一位受过戴一帖诊治的长沙客，告诉小观弄的乡邻们，戴一帖现在过得不错，但他不是一个人生活。众人惊讶、好奇，长沙客哈哈一笑，讲出实情。

"戴一帖出古城后，往南行走。到了澧县，遭遇一个江洋大盗，戴一帖劝其改过自新，以卖煮豆子为生，每日所得一百钱，用来赡养老母亲。自己吃粥度日，非常孝顺。别人看到戴一帖与一个卖煮豆子的人相交甚密，感觉很奇怪，问清缘由后，都佩服他的感化人的精神。戴一帖现在与他们母子俩住在一起，生活得很快乐。"

据说，戴一帖活到七十多岁，无疾而终。

吴城异梦录

　　我虽然一直住在苏州城里，可家境不好，初中没有念完就去市政养护队修马路、翻阴沟。但是我喜欢看书，带着《新华字典》翻书，倒也看完了不少书。我们队里有一个姓顾的老头，每天打着瞌睡上班，又打着哈欠下班。队长也不让他干活，他冬天孵太阳，夏天乘阴凉。伙伴们都说他一样都干不来，干了比不干还麻烦。至于他进这个单位的原因，据说房管局拆了他的宅基地，老顾当上了"征土工"。这种用工性质比较特殊，不能辞退，只能养着。我时常扔烟给老顾。天冷的时候，我们溜出去，找个小店买个"小炮仗"，就着一碟花生米，你一口我一口地抿着。只有那个时候，老顾来了精神，乱讲自己家以前也是苏州城里大户人家、书香门第，等等，我都不当回事。

　　这段又苦又单纯的日子过去好多年了，我现在虽然还是过得清闲寡味，却也能够自得其乐。关键在于，读书还是我最大的爱好。我对苏州古城历史尤感兴趣，经常翻阅《吴越春秋》《吴郡志》《清嘉录》等。就在我因学识浅陋，对历史迷局不知所措的时候，老顾找到了我。他还是一副睡不醒的样子，老了更显"风烛残年"这个词的精准。他神神秘秘地从怀里拿出一个塑料袋，袋子套袋子，一层又一层，最后是一本线装书。他郑重其事地递给我，说自己虽然不认几个字，但是听上辈讲，是一个清朝前辈编写的。他也是小时候见过，后来就找不着了，甚至拆迁房子院子的时候都没有发现。最近，他要找本皇历，随手在柜子里一扒拉，那本书就这样被牵带拖了出来。和以前相比，书也老了许多。老顾感慨万千，想想只认识我这么一个喜欢读书的人，所以把书拿来送我。

　　连续几天，我都没碰这本书。但是每天晚上我都会梦到老顾，每次情节不同。他临别出门时，回头挥手的镜头却一直闪现。瘦弱、干枯，眼神疲倦、行动迟缓。我开始翻看残书，总在晚饭后，有时再晚点就躺在床上看。每看完一段，晚上就会梦到书里的故事情节。那些梦交织在一起，印在我脑子里，我已经不记得那些情节的清晰边界，只知道梦每晚由一位不同的古人主讲。我有时坐在堂屋里听，有时却在街上、河边、城墙上，甚至沙场中。每个讲述的人，一挥手就拉开一个历史帷幕，一指点就推开一扇宅院大门，所述的事情，都是年代久远的逸闻趣事。只有一个梦没有对话。那是在我看完残书后的一个深夜，一位瘦弱书生出现在我眼前，他时而仰天叹息，时而掩卷深思，更多时候是奋笔疾书。他摇着扇子对我微笑，不发一言，却频频点头。我突然想到了老顾。于是，隔天，我开始将所记得的梦编写，原本展现梦中人形象，忠实记录他们的讲述。我选择与苏州城有关的旧事。我想，这样是否能够满足老顾和他先人，还有那本残书的愿望呢？

金　姬

她在我梦里出现的时候，穿戴极为朴素简单，根本看不出她"妃子"的身份。她和我聊天的时候，我可以清晰地望见微微倾斜的虎丘塔，但是我们所在的那片林子，寂静肃杀，周边杳无人迹，这大概在几百年前吧，我开口问道。

是的。她打开话匣子后，我觉得似乎那些话都像编好程序似的，泉水般流出。

我所在的正是元末豪杰群起争霸的英雄时代，那些"帝王将相"周围，聚集着各路异人，他们的奇闻逸事一直在民间流传，我虽不才，却也恭列于此。

我姓李，名金儿，但是这个名字并没有流传下来，这是后话。父亲叫李素，是山东章丘人，以占卜为业。我是他独生女，跟着父亲潜心研习卜术，后来人们称赞我青胜于蓝。

我们一家在战乱中逃难到盱眙，还没站稳脚跟，张士诚军队就攻陷泗州。全家被张士诚掠获。那年，我年方二八，身材、样貌还算过得去。被安排服侍张士诚母亲曹氏，随军而行。接触多了，曹氏觉得我除沉稳大方外，似乎还有异于他人的地方。一日，曹氏最喜爱的钗头凤不见了，遍寻不到。我暗起一卦，告诉曹氏："失物必在院内枯井中。"曹氏派人下井，果得钗头凤，大为惊异。问我缘何得知？我笑而不答。于是，我能卜善算的名声悄悄传了出去。

不久，张士诚占领高邮城，自称"诚王"，国号"大周"，年号"天佑"。树大招风。元右丞相脱脱率兵十万围困高邮，城池危在旦夕。曹氏见儿子终日惶恐，自己也愁眉不展，苦不能帮儿子一把。这时，她突然想到我，求我为高邮城将士和百姓算上一卦。占卜后，我镇定说："只要秣马厉兵、吃饱吃好，我们不日就将胜利。"此话大大鼓舞了守城将士的信心。坚守一阵后，果见神效。元帝突然下诏问罪，削夺脱脱官职爵位，押往吐蕃。元军内部分崩离析，自行散乱。张士诚见机率精兵出城攻击，大败元军。

从这件事开始，张士诚对我信赖有加，我父母也被允许陪伴在我身边，共同侍奉曹氏。张士诚遇大小急事、难事都请我参谋，我的判断从没有出现过错误。当时，我认为当今群雄割据，张士诚是枭雄之首，渐渐地，对他产生好感，不仅在事业上辅助他，感情上也倾向于他。

张士诚一路南下，势如破竹。攻克苏州城，改平江路为隆平府后，达到他事业的巅峰。他变了，渐渐失去了对局势的正确判断，暴露出"小富即安"的局限性。他准备"移都定居"时，我竭力劝诫不可。我说："苏州历来都是风流富贵之地，久陷此地，将士必将失去斗志。安逸富足的生活也会让你不再有雄心壮志扩大战果。"但这次，张士诚没有听取我的建议，我预感事情正在向非常糟糕的方向发展。

在苏州安定下来后，张士诚就萌发纳我为妃子的念头，请他母亲出面劝说我。曹氏劝说了我好多次，但我坚辞不受。那是一个月圆之夜，我独自走到庭院正中，回身向厅堂跪拜三次。端坐莲花，想想自己一生跌宕凄苦，闭目无语。一会儿，我便坐化而去，告别繁杂尘世。

苏州城百姓听闻此事，无不惊骇讶异。张士诚更是悔恨惋惜交加。将我按妃子待遇厚葬在虎丘北面两里处。乡野村民把墓葬地称作金姬墩。因此，我是以金姬的名义流传下来的。

姑苏城未被攻破前，情势对张士诚已岌岌可危。我深感悲悯，又回天乏术。一天晚上，我托梦给张士诚妻子刘氏。说着说着，不觉泪流："当初迁都于此地是致命错误，现在已经难以挽回败局。小女子我深受老夫人和夫人您恩德，即使命归黄泉也不能忘却。一旦功败垂成，我会暗中保护您的两个儿子。"

苏州城被攻陷前，张士诚想尽一切办法突围，但是都被徐达、常遇春的部队瓦解。眼看大势已去，张士诚夫妻急忙找到我父母，把两个儿子托付给他们。

不久，苏州城陷落。当天晚上，我父母带着两个小的藏在民居内。三天之后，兵乱稍定。他们准备逃出苏州城的前一个晚上，我给父母托了同样的梦。我首先让两位老人平静下来，然后叮嘱他们："当初，我相信诚王是英雄豪杰，必将做出一番大事业来。后来情况并非如此，我只怪自己被美丽云翳遮住，看不到月亮真面目。我之所以还没有彻底离开你们，是因为我内心仍有牵挂。毕竟诚王全家对我们有恩。"我又详细安排父母逃亡具体路线，让他们出城务必各带一个孩子分开走，一路往北回父亲老家，另一路往南回母亲老家。我则在暗中庇护。天明，我父母带着两个孩子不慌不忙地走出苏州城。父亲带小儿子直奔老家章丘，后来孩子改姓李。长大后，小儿子还乡试中试。一直以来，李姓家族在章丘都还是豪门望族。母亲带大儿子回老家湖南岳阳，延续张姓，崇文尚武，族丁兴旺，后代出了不少文臣武将。

金姬见我一直坐着听，就提议站起来在林子里走走。我们刚一起身，落叶就像雨点般飞向一块高地，高地上树木繁茂、绿荫遍地。金姬对我说，这就是她的归宿：金姬墩。她对着高地点了一下，时间切换到了若干年后的春天。

天空中飘起了雨丝，金姬墩上来了不少客人，操着南腔北调。他们在金姬墓前祭奠、跪拜、瞻仰，默然有序。蒙蒙眬眬，我似乎听见虎丘塔下的老人们正在给孩子们讲述关于知恩图报、饮水思源的故事。

王琨善啖

雍正初年仲春的一个清晨，苏州阊门城头的守卒刚把吊桥放下来，沿上塘街就来了一队人马。

为首之人跳下马，此人至少身高九尺，膀粗腰圆，看上去有降龙伏虎之力。守卒下城门收了通关文牒之后，猛一抬头，不禁喊出声来："这不是王琨吗？"

王琨勒住缰绳，微微一笑。阊门城内西中市虽然各家商铺还没有开张，但是熟悉的煤烟味夹杂着早点香味飘进王琨鼻孔，他感觉又饿了。而一个时辰前，他从铁岭关驻地出发的时候，已经吃了两锅干饭，十张大饼。

王琨说出来的声音细细柔柔："终于又来了。"此时，守卒"王琨回来了"的高声叫喊完全盖过他的声音。很快，人们卸下沉重的杉木门板，涌到西中市大街上。

人们像多年前那个初春的午后那样，簇拥着得胜而归的王琨回到天库前火神道院。

"申师傅！别来无恙！"王琨向着住持申道长深深一拜。

申道长微微睁开眼睛，见是王琨，微微一笑，指指身边的蒲团。王琨和道长并肩坐下，调匀呼吸，守住内心，不再想身外之事。

也不知过了多久，道院里嘈杂声渐渐平息。王琨却感觉身后响起了细微声音，他回头一看，大吃一惊。玉印符在案几上微微抖动，一明一暗地闪动着橘红光亮。

"不用慌，玉印符如此感应，是吉祥的事。"申道长仔细观察完毕，转身与王琨一起在玉印符下跪拜，申道长念着王琨听不懂的咒语。不一会儿，玉印符在龛中恢复常态。

一个年轻马弁拿着一个包裹来报："启禀总兵大人，已经按照您的要求，将银两发放完毕。这是您特意关照的一份。"

王琨接过包裹，双手递给申道长："当初我贫困潦倒地投奔您，承蒙您六年照料，大恩大德，没齿难忘，无以回报，这一千两纹银只能聊表我谢意。"

申道长把银两推回王琨，平静地说："前明进士周某，是当时张天师的女婿，天师嫁女时，把有镇宅驱邪的玉印符作为陪嫁赠给了周某，周某家所在弄堂就称为天库前。火神道院正是借了天师法器神威，香火鼎盛。但是，这也被邪恶之徒看中，想方设法要霸占玉印符，甚至整个道院。在危急关头，你救了道观，应该我感谢你才对。"

说完，申道长对着王琨深深一拜，王琨慌忙回拜。

年轻马弁捧着申道长退回的包裹，走到道观门口，百思不得其解。其他道士，天库前、西中市的面馆、酒肆、饭铺的老板们都收下了酬银。

一个中年道士刚想出门，看见马弁坐在门槛上发呆，拍拍他肩膀。马弁说出自己困惑。道士想了想，索性也坐下。士兵们围拢来，道士讲了个"饕餮胃"的故事。

那时王琨刚来道院，他干最脏、最累、最重的活，毫无怨言，从不叫苦。一个武夫虽然有降龙伏虎之力，但是温和谦逊，大家都乐意与他交往。王琨有一个致命弱点，就是每餐都吃不饱。他只好每天去附近面馆、酒肆、饭铺讨剩饭剩菜，聊以充饥。大街小巷中有人可怜他，也有人呵斥他，他都一笑了之。

每逢初一、十五，城内外各兵营中有认识王琨的人都会凑点钱，买来一个猪头和猪下水等东西，混煮一锅。他们还买些面粉，分成四锅，调成面疙瘩。这五锅食物一起给他吃，他才总算能够舒舒服服饱餐一顿。但是，一个月中也只有这两顿饱。就这样，王琨大食量名声在阊门一带传开了。

一天清晨，道士们在大殿上打坐。一阵响动打破寂静，神龛里的玉印符不停颤动，通体被一层紫黑气笼罩。申道长排卦一算，暗自叹了一口气。

山塘街有个泼皮叫丁四，他一无所能，唯独能吃。他出生在一个绸缎商家，从小过着衣来伸手、饭来张口的富足生活，特别在吃上，他从不拒绝，渐渐练出一个"饕餮胃"来。而他又不愿意接手家里生意，更不愿外出挣钱养家，好端端一个绸缎庄被他坐吃一空。山塘街赌场老板看中丁四特殊能力，与他订约。只要丁四在赌吃中胜出，就管他吃饱，直到下一次赌局。丁四胜多负少，加上他在地头上无赖流氓行事，倒也活得潇洒自在。

丁四找上火神道院，申道长一眼看穿他被人指使。丁四开出条件，赌一次饭局，筹码一边是火神道院，一边是赌馆。道士们鼓噪起来，坚决不答应打赌。申道长把手一拦，从容应战。丁四走后，申道长叫来王琨，平静地说："你就去一趟吧。"

开赌当天，正值阳春三月，和煦舒适。山塘街上游人如织，山塘河里游船堵塞，赌场外闲人层层围拢。丁四矮小精瘦，与王琨形成强烈对比。赌局三盘两胜。赌场内外都开出巨大盘口，大家都盼着王琨为百姓出口气，大多数赌王琨胜。

第一盘比吃姑苏时令菜酱汁肉。每人满满当当三大盆，先吃尽者为胜。油光泛红、肥瘦相间的大块猪肉香气四溢，引得看客馋虫直爬。王琨左右开弓，快速取得胜利。而丁四慢条斯理，似乎在享受春日美食。第二盘，同样是三大盆时令苏州名产青团子。青团子用浆麦草汁液加入糯米粉制成，馅是红豆沙。王琨是北方人，吃甜食本不擅长。一次入口太多，被糯米、豆沙粘住嘴和喉咙，速度慢了下来。而丁四一口一个，还时不时喝口水，虽然保持与前面一样速度，却稳稳当当地率先吃完。比分一比一的时候，百姓心态开始崩塌。王琨听到类似"薄皮棺材膛子大啊，看来王琨必输无疑"等刻薄评论。第三盘赌吃鱼圆。三个大盆里一个个新鲜太湖白鱼做成的鱼圆像小孩拳头大小。两人速度不相上下，交替领先。王琨兴起，把头埋进盆里胡乱拱吃。冷眼里，他斜瞄一眼对手，丁四居然仍然一个接一个稳稳地吃。到第三盆头上，丁四确立领先优势。王琨非但落后，前两盆还留残物。虽然，那些食物在他肚子里并不算什么，但毕竟丁四率先轻松吃完第三盆，他嚣张地大笑起来。大伙不愿理睬他，却也不得不接受王琨失败的事实。但是，天空中突然飘来一片乌云，远远夹杂着隆隆雷声。雨没下来，大笑不止的丁四却在刹那间失声，双眼突出，双手用力拉伸头颈，似乎有被掐住头颈，或是有东西卡在了喉咙口。乌云转眼就移开。丁四没能重新见到阳光，他重重倒地，一命呜呼。大笑引发胃部痉挛，鱼圆顶上来，憋死了丁四。

中年道士故事话音未落，士兵们齐声喝彩。年轻马弁等大家安静下来，疑惑地提出一个问题："我们大人当初怎么会流落到这里啊？"

　　道士望着门前的开得正盛的白玉兰，感叹地说："只有挨过严酷冬天，才能开花结果。你们大人来苏州时，可谓乖蹇困厄。"

　　康熙四十年，经过长途跋涉，赵良栋将军的护卫王琨，终于从西北边关达到苏州浒墅关。他的任务是置办赵将军女儿的嫁妆。赵将军给他三万两银子办事。到江宁时，被这个大胃王沿路吃得所剩无几。王琨盘点银两，仅剩一千两，他害怕极了，他恨自己饭量大，更恨无节制地吃。他从江宁开始便不敢动用一钱银子，沿路乞讨到了浒墅关。但这在军中，仍是死罪一桩。

　　士兵们听得正来兴致时，道观内有了动静，中年道士住了口。

　　申道长把王琨送出道观，已到巳时。王琨回望"火神道院"几个字，立刻想起浒墅关关吏张咸把他送过来的场景。当时，申道长一句话没问就留下他，就像王琨回家一样自然。但是，王琨心里明白，他闯下了大祸，弄不好会牵连别人。他怀着复杂的心情在道观待了六年。那年恰逢康熙帝第六次下江南，王琨巧遇来苏的部队旧识，带来赵良栋将军去世好多年的消息，王琨犯下的事情全都消弭，无人再追究。这么多年来，王琨第一次睡了安稳觉。思考再三，他决定回原部队。申道长也像这次一样，送王琨出道观，微笑恭送，别无赘言。

　　王琨策马前进的方向，使年轻马弁手足无措。

　　"总兵大人，铁岭关驻地在那里啊！"年轻人手指上塘街正西方向，而此时队伍正往北进发。

"小子！年轻固然好，但是有时犯下的错误却需要一辈子偿还，甚至还不够。"

王琨接着告诉马弁，部队开拔之前，他要去趟浒墅关。

浒墅关关吏张咸早就接到快报，站到关内大道上迎候王琨。此刻，张咸的心情有点复杂。

那年隆冬的一个风雪傍晚，张咸正在书房批文阅读，突然听见关外人声嘈杂。他走到关墙上察看。一个身着破烂军服的高大粗壮士兵正与一帮守卒争执。守卒以时辰已到关门将闭为由拒绝高大士兵入关。张咸让守卒带高大士兵上来。

问明情况，张咸感到事情有点棘手。看着王琨饥寒交迫的惨状，张咸实在不忍心将他送进衙门或者军营，于是吩咐守卒暂留王琨。

过了几天，张咸夫人就吵到书房来了。

"你收留个普通士兵也就算了，而这个王琨一天吃掉了我们家一个月的口粮，你只是一个小关吏，这样下去家破人亡也就不远了。"

王琨隐约听到了传言，狠狠心，把剩下的银子全都交给了张咸。张咸吃了一惊，忙推辞，一来二去的过程中，他的手渐渐软了下来。入夜，他静静地看躺在书桌上的那包银子，像一团包着的火焰。他感叹着反复吟咏"一蓑烟雨任平生"。

张夫人第二次到书房，距离上次没多长时间。张咸得知千两纹银已快用尽，虽然心里早有准备，但还是吃惊不小。他没有理会夫人的聒噪，却独自在书房里踱来踱去。

还是在书房里，气氛与那个隆冬的傍晚有了本质区别。反复说着客套话的是张咸。

"王总兵，您此去狼山总镇，担当镇海防寇重任，也请多加保重啊！"

"感谢张大人，您也责任重大，辛苦了。"

"总兵大人，听说您领兵过苏州，我本想专程前去拜望，不料您屈尊前来，真是折杀小官了。"

"哪里的话，我明早就要赶往江海之边。今日空闲，拜会旧相知，感谢您当初容留之恩，理所应当！"

张咸脸上泛起红晕。恰好午时食时已到，他忙将王琨请进大客厅，摆上筵席。王琨也不客气，他对食物要求还是不高，只求果腹。那些锅盘流水般端进来，王琨均是一扫而空。张咸在边上陪饮黄酒，渐渐地，他觉得有些话不得不说。

张咸拿出一盒银子，双手奉上："大人，您当初流落敝地，我非但没有好好照料，褫夺银两，还逐您出门，后来每次回想，都如鲠在喉，日夜难以安眠。现奉上三千两纹银，请大人宽恕小人之过。"

王琨似乎吃饱了，他慢慢地用手巾擦脸和手。他想起离开浒墅关的那天，正是除夕，每家每户都在贴红挂彩，炉灶里的香味直钻他鼻腔。他背了一个包裹，跟在张咸马匹后面走了大半天。一路上，他觉得自己从此再无归宿：部队回不去，家里回不去，关吏不要他。寒鸦凄惨地连声叫着，掠过戳向铁灰天空的枯枝。王琨内心绝望。

"张大人，我的罪孽理应承受如此磨难，这与您无关。我得感谢您，亲自送我去火神道院。在那里，在申道长等的帮助下，我用自己的努力来赎罪，终于做了一些有利于道院和百姓的事，我感到轻松愉快。"

"总兵大人，请您务必收下这些银两，这是我真诚的歉意。"

王琨站起来，请张咸一起走上关墙。

他指着点点吴山："就像您的职责是守卫好这些软水温山一样，您亲自将我送到姑苏城里，也是对我负责。虽然你我可能一时都想不通，但是现在，不都豁然开朗了吗？"

张咸望着王琨一行，一直到看不见人影，他还待着不动。"善与恶的转换，就这么简单吗？"那天晚上，他又失眠了。

王琨担任狼山总镇多年后，被免职。原因是他儿子在军中克扣士兵们的军饷。他面对爱戴他的士兵们说了一句令人伤感的话："我愧对弟兄们，没有管教好儿子，他食量比我还大，但我肯吃苦啊！"

蒋四娘

那是一个花园，我和蒋四娘在花丛里慢慢行走。不知道是花香还是她身上的香气，我被熏得有点迷醉。不是她提醒我，那是她历经风雨后回归姑苏后的样子，我真看不出她已近中年。她宽大居所被花草果木掩映，直到跟前，我才注意到。于是，在她的邀请下，我坐在回廊之上，品着她亲手沏的嫩绿新茶，望着繁花盛开的午后花园，我想，一生追求莫过于此了。

　　这是清初姑苏名妓蒋四娘在南园购置的房产。蒋四娘，小名双双，姿态妩媚，举止优雅，光彩照人，精于琴棋书画。苏州城里风流雅士、名门公子隔三岔五就会摆上花月酒席，如果缺少了双双，就不能使客人尽兴而归。那是因为双双雅能吟诗作对，俗能猜拳饮酒，各路都有一套噱头。

　　沏好茶，蒋四娘也款款入座，呷一口香茗。我似乎是她的新知，也同那些故友一样时常过来坐坐。看得出她心情不错。一开口就向我讲述昨天来的昆山徐生问的问题："你曾经嫁作状元妇，为什么不生下状元儿，却又旧地重游，寻觅新郎君？"

　　"人家都说，嫁鸡嫁狗，怎么及得上嫁富贵郎君？我却不这样认为。如果有金山银山宝林在眼前，与他举案齐眉；整天穿金戴银佩玉，与他比肩同老。既缺乏风流意趣，又没了欢宴的开心，这样的富贵郎君和'鸡狗郎君'有什么分别呢？又有什么可以留恋的呢？我曾回忆跟着状元郎吕宫君在京城，没有泉石养目，没有丝竹娱乐。每日闺房深掩，真是度日如年。华丽的宫殿没有尘埃，美丽的月亮高高悬挂。我孤零零地一个人，怅然望着阴森的屋院，寂寂然一点脚步声都没有，忽然感觉伤心欲断肠。此时，即便是一两个鬼蹦将出来，我也会把他紧紧拥抱，当作无价之宝。人有多少寿命？难遇如意郎君。要不是我脱离那样的苦海，现在又怎么能够和徐君你在这美丽的花园里对坐品茶呢？"

　　蒋四娘问我，能否猜出徐生反应。我又看了一眼这一大片无人欣赏的花海，回过头对她轻轻摇头。"他听罢大笑，拱手告辞，踏上归途。"说完这句话，她轻轻叹息一声。"他们都是这样，坐坐就走了，不像当初的吕状元啊！"

那年，常州状元吕宫吕苍臣，路过苏州，参加过一次酒席后，就喜欢上我，当即用千两银子为我赎了身。随后我跟着他来到京城。吕宫自认为两人住在金屋玉堂的府邸，就能像神仙眷侣般幸福。

可是，吕宫公务繁忙，平日里我独守空房。虽然他买来美丽的芙蓉花，还养了只漂亮的鹦鹉，但我认为自己就像盆中花、笼中鸟，转身就碰壁，像禁闭在狭窄空间一样不适。

一天下午，我倚靠在曲廊栏杆上，呆呆望着空荡庭院，困顿乏力，做了一个白日梦。梦里我听见庭院里有声响，转出门查看。发现声音居然来自空中，先是模糊难辨，后来越发清晰可识，竟然是昆曲曲调。我迎合着曲调，轻轻哼出："遍青山啼红了杜鹃，那荼蘼外烟丝醉软，那牡丹虽好，他春归怎占得先？"说来也奇，当我唱词送出，刹那间，院里出现亭台楼阁、曲水叠石，姹紫嫣红开遍。正在我惊愕诧异之时，一英俊小生从牡丹亭后转出，摇扇踱步向我走来。小生自称姓柳，是天宫书生，奉天宫主管大人之命接我上天共享极乐世界。我欣然领受，两人腾云驾雾，来到天宫。天宫大人夫妇见我非常开心，当即摆下宫宴。我和柳生并肩而坐，只见山珍海味如流水般涌来，不要说品尝，看都来不及。各种佳酿更是喝了一杯又一杯。那些助兴的音乐，以前从来没有听过。那些伴舞的舞姬，体态优雅，貌若天仙。高潮到了，柳生邀请我共舞，虽然我不懂天宫之舞，但是在柳生的示意下，一下子就成为高手，跳出来连自己都吃惊的舞姿，在天上越转越快，柳生的身影越来越模糊。突然间，我摔了一跤，把我从梦里跌进现实。那时，我身上冷，心里更冷。披衣而行，房内、院内一切如旧，冰凉没有生机。我连声哀叹，想念柳生，更想念天宫一梦。

顺治甲午年的除夕夜，吕宫在年夜饭桌上取出两个玉卮盛酒，取其中一个旧卮给我，说："这是我家所藏珍贵酒器，专门拿给你盛酒。"我看了一眼，却拿起另一个新玉卮斟酒。随后，我把旧玉卮还给吕宫说："你恋旧，我却念新。"吕宫也不知道个中缘由，听后非常生气。过了年，就把我送回了苏州。

就要日暮了，我惊奇地发现，随着日光的暗淡，蒋四娘的容颜也在迅速老去。在只有一丝夕阳光线照在她苍老容颜上的时候，那些花草树木也全都枯萎。四周寂然无声，光色沉入黑暗。

金之俊

金之俊是顺治帝信任的汉人官员，曾任大学士兼吏部尚书。但是，他出现在我梦里的时候，却是一身布衣，俨然一位年迈乡绅。他带着我穿过一间间房屋，布置简朴整洁，多的只有书。老人示意我停下，我才发现来到这所大宅的中心建筑，一间高大宽敞的客厅。他往上指指那根黄花梨大梁，我看不出什么名堂，只知道应该很贵重。

"这里是吴江八都曹村，我们家世居于此。曹村分南北两村。南村人贫穷却勤学，北村人富裕却厌学。"老人捋捋白白的长胡须，眼睛朝院子望了很久，转身对我说："我出生在南村，并没有生在这样的大宅院。我一生还算顺利。我的命，却是生前注定。我的运，也是一位奇人给予。"

母亲怀我的时候，我们家住在南村一个破楼里。一天晚上，母亲突然被隆隆爆竹声从梦中惊醒，恍惚之中听到空中有人说话："现在良辰吉时已到，特为你家德儿房屋上梁。"等到天明，父母急忙外出，到处打听昨晚声响来源。原来北村有人家建新宅大院，夜晚吉时上大梁时，鼓乐齐鸣，爆竹喧天，弄出很大动静。他们又到新房参观，只见面积宽敞，建筑宏大，装饰精美。

满月之日，母亲把襁褓里的我抱给大家看。舅舅问有没有起乳名，母亲回答还没有。舅舅细观我相貌，端庄而安静，像一位有德之人，脱口而出："就叫德儿吧！"母亲突然想起那夜空中人语，正与"德儿"相对应，内心十分欢喜。从此，亲戚朋友都叫我德儿。

我家虽然穷，但是读书却不敢荒废。母亲茅氏是大学者茅坤的女儿，家学深厚。眼看我即将成年，母亲十分着急，四处找寻，想找个好教师。听闻名师俞某，学识渊博，育人有方。不过，俞师也有缺陷，好饮酒，一日三餐酒必不可少。母亲请俞师到曹村家中，请他批阅我的文章。看完之后，俞师问母亲："你可以交给我多少学费呢？"母亲为难地说："只能管您三餐温饱而已。"俞师笑笑说："只要供我两年半的酒，你儿子学业便能成就。"

俞师不收学费，平日里喝的酒也都是村里土窖自产，他对饭菜要求也不高，能果腹就可。每次酒喝足，俞师开始上课。刚开始，我认为一个酒鬼教不出什么好东西，也就不理睬老师。一日晚上，俞师又喝得似醉非醉。突然取出纸笔，要我写一篇文章。我自然十分不满，就嘀咕一句："我写是没问题，不知老师写得怎样。"俞师听见哈哈一笑，限两个时辰，我俩完成同题文章。我开始埋头思考、书写的时候，俞师竟然在旁边的竹榻上睡着了，不久鼾声如雷。我心中不适，自然不去叫醒他，默默做着自己的文章。离时限还有半个时辰的时候，俞师突然大声连打三个喷嚏，从梦中醒来，看我正伏案疾书，才猛地记起写文章之事。半个时辰不到，俞师龙飞凤舞完成文章，与我几乎同时完成。我将两篇文章放在一起比对，渐渐地，羞愧地红着脸低下了头。自此，我一心一意跟着俞师勤学善思，不敢有丝毫懈怠。

两年半很快就到了，父母亲问俞师我的学业。俞师一脸严肃地对我说："承蒙你父母如此厚待，我该怎样回报他们呢？这样，你作一篇题为'何以报德'的文章吧。"结果，我这篇文章竟然一举成名，在读书人中广为流传。万历四十七年，我中了进士。然而，俞师离开我家就不知所踪，再没人遇见过他，我这才意识到老师不是寻常之人。

两件奇事说完，金之俊和我分宾主坐在客厅的红木圈椅上。"我离开家乡后三十年，曹村北村的那家渐渐事业颓废，不得不卖掉房屋。父亲买下他们的房子，得到了似乎原本就是我家的东西。"我也随之感叹世间一切都是天生注定，有才能的人，往往更加容易得到上天的眷顾。

老人深深叹口气："现在，我就住在这里，再也不走了。"其实，我看得出，致仕以来，老人似乎不是特别开心，他一直在打量房子和院子，有时抬头会盯着那根黄花梨房梁看好久。那么，他在怀疑些什么呢？

云间神僧

"云间，并不是云端，而是苏州府松江县（现松江区），那时称'云间'。"静静坐在我对面的是一位白面书生，手摇一把扇子，指指点点间，我突然意识到，这位书生会不会是个苏州城里的"说书人"？当我把这个疑问提出，他只是笑笑，不置可否。看来他是专门来到我梦里讲述"云间神僧"故事的。于是，我静下心来，运河水从我们身边哗哗流过。神僧的模样在我眼前显现：年纪六十左右，身体又圆又白，光头赤脚，操一口难懂的方言。无人知道他从何而来。一年四季，他只穿一件棉袍，不洗也不换，却没有虫和虱，也不脏，无异味。书生把重点放在这句话上："他身上屡屡出现神秘难解的现象。"

有一年，松江连续三月不下雨，百姓中传说是旷野里出现旱魃的原因。大家来求神僧相助。神僧先让大家在某日夕阳西下时，在某地排成一字阵形，由东往西在旷野里驱赶。果然，大家看见一物从地底下跳出，浑身通红，只有一足，飞快地向西跳跃奔逃。大家喊杀声震天，并射箭、发石，追到某处，突然不见踪影。这时，神僧不知什么时候也到了现场。他在地上画了一个圈，让人们往下挖。挖到僵尸一具，把它焚烧，却始终不化。神僧让人再取一桶粪水，往僵尸身上一浇，再次焚烧，立刻火化。隔天，松江普降大雨。

说完第一桩故事，书生转头望着哗哗往北流淌的运河水，又讲起神僧的第二桩奇事。

那时，松江一位官员将神僧供奉在家里。一天，神僧突然自言自语："多说多话，害我要跑三千里漫长的路啊！"人们都不理解他话中之意。当朝司寇张照是松江人，他向雍正帝奏称自己家乡有一位法力高强的神僧。雍正帝听闻此信，传召神僧觐见。这时大家才明白过来要走三千里的原因。

雍正十三年，神僧北上路过苏州，围观的人挤破了头，都抢着问神僧一些自己前途命运的事，但他一概含糊不答。苏州织造海保更加关心自己的仕途，接待神僧期间，一直追问自己的前途。神僧被逼无奈，只说一句："好不到哪里去。"突然瞄到海保的儿子，补了一句："你儿子胜你十倍。"

三千多里路，神僧不坐车马。赤脚独行，荤素都吃，不觉辛苦，也不说一句话。朝见雍正帝后，入宫待了两天，第三天向雍正帝叩别，不觉涕泪俱下。他仍然徒步走回松江，一路上的习惯也是来时样子。

那年，雍正帝归天。之后不久，神僧也趺坐而逝。这时，大家才明白，当初神僧与雍正帝哭别的真正含义。

后来，乾隆帝以"擅用浒墅关杂项余银"问罪苏州织造，海保被革罢官抄家，引起当时官场震动。

听完之后，我还有一个未解之惑。"神僧说海保儿子将比父亲好过十倍，结果呢？"书生一折一折缓缓收起手中扇子，随后轻轻用扇骨拍打左手心，在他消失之前说了最后一段话："海保母亲是雍正帝奶妈。海保儿子不再愿意做官，利用父亲在朝廷上下的人脉和资源，做起了丝绸生意。他先在苏州打下名号，再向宁杭扩展，经营范围和影响日益扩大。后来成为全国著名的绸缎商号。"

朱半仙

那一晚梦开始的时候，我在一个古老的集市里游荡，似乎气温很高气压很低，不一会儿就感觉头疼脑涨。一位郎中来到我跟前，他卸下药箱，扶我坐到街边一家茶馆内，仔细搭了我的左右手的脉，看了我的舌苔。从药箱里取出一个葫芦，倒出六粒红丸，店小二取来凉白开，我将药丸服下。不一会儿，只觉得神清气爽，元气恢复。旁边店小二也连声夸赞："真不愧为'朱半仙'啊！"我也非常感激。可他却连连摆手，谦虚地说："要说这'朱半仙'三字，非我祖父莫属。"我让店小二沏了上好的碧螺春茶，慢慢听朱郎中说他祖父的故事。

我祖父住在苏州阊门上塘街，家境贫困到无法度日。他只能进山寻死，不料遇到仙人获救。临别，他黯然对仙人说：

"您救了我，其实也白救，回到家里，揭不开锅，我还要走这一条路。"仙人哈哈大笑，赠给祖父一本测字书，并教会他测字之法。

祖父回到上塘街，就以测字为生。几次三番下来，测得准，有神验。祖父的本名被人忘记了，朱半仙的名头却响了起来。他定下规矩：测字必须预约，每天只测一字，收费一两白银。每天在门口挂一块牌子，上面写着：今日测某人某字。越是这样，预约的人就越多，一直排到了半年之后。祖父不仅测字精准，为人正直机敏，得到苏州百姓敬重。一些街坊四邻更是遇到急事难事就来求助祖父。

一日，山塘街上一个有名的无赖前来测字。他写了一个"翠"字，祖父立刻就说："你当过兵，在军中得过翎顶！"无赖一惊，忙问缘由。祖父解说："翠是卒上有羽，不就是你行伍时做过小官吗？"无赖心中叹服，谨慎地问自己的前途。祖父直言不讳："卒字当中有两个小人，你啊，还是心存小人的心计啊。"无赖不死心，死活要求再测一字。祖父想了想，同意破例测字。无赖又写了个"翻"字。祖父正色对他说："你自认为羽毛丰满，如果不幡然醒悟，必将有大难。"无赖吓得跪下说实话，这次测字就是因为准备诬陷别人而来测测有无灾祸的。在祖父的劝诫下，无赖再不敢做害人之事。

那时，吴三桂预谋造反，来向苏州蕃库借银两。蕃库方伯慕天颜在借还是不借上，犹豫不决，踌躇不安。手下推荐祖父。慕天颜连忙请他到府上测字，同时告诉他测字的原因。

祖父诚恳地说："请大人先选一个字吧。"正巧，案几上有一封旧柬，慕天颜随手翻转信柬，就指着上面的"正"字请祖父测。祖父当即说："不可借。正字像王，然而王心已乱，吴三桂有做王的野心和企图。再看原本此柬合在案几上，这样看的话，正不就是一个'反'字吗？所以这也是吴三桂谋反的征兆啊！"慕天颜听从祖父的话，没有借银饷给吴三桂。不久，吴三桂果然起兵造反，应了祖父的话。

"既然你祖父这么神奇，为人又好，你为什么不继承他的事业呢？"朱郎中笑笑，一口喝干盏中茶，接下去讲他和父亲的故事。

的确，父亲继承了祖父事业，而且灵验程度不输于祖父。他没有一天测一字的规定，而是多多益善。

一天，有个人过来要求测命中有没有儿子，便选了个"武"字。父亲长叹一声，说："哎呀！太可惜了，你是绝后了。你看这个字，分明再说：一代无（武）人，自此而止。"事实证明，此人果真无后。

父亲去世后，我们遍寻家中各处，就是找不到那本神仙测字书。大家都在猜测，是不是父亲破坏了规矩，测多了字，书被神仙索要回去了？

好在，父亲为我安排好了后路，我按照父训从小学医，靠行医在苏州城里勉强度日。

听完朱郎中过谦的介绍，我和店小二同时恭维起他来。艳阳高照，茶馆里笑声朗朗。这真是一个愉快的梦。

顾公燮

　　虽然我有很强烈的预感，但真的当残书的作者顾公燮来到我的梦里，与我对话时，我还是吃了一惊。那是残书读完后不久的一个雨夜，十分阴冷。我的梦里也在下雨，顾先生撑着油纸伞向我走来，而我似乎什么雨具都没有。我们避雨的场所是一个码头，卸货的伙计排成一条龙，向货仓蚁行。顾先生身材瘦削，目光如炬，与上次梦里见到他思考、书写不同，这次，他主动跟我打招呼，并且手指不远处的那座桥开始他讲述的第一个故事。

　　我们避雨的地方叫"接官厅"，在姑苏胥门城外。往北一点，古代一直有吊桥搭在护城河上。相传明朝嘉靖年间，时任内阁首辅的严嵩看中吊桥上的白石，命令拆除吊桥，移建到江西。不过游人路过分宜县，看到的传说中移建的那桥却是紫色石的，而非白石。

　　之后两百余年，苏州城里一直传说，如果重新建桥，接通洞庭西山的煞气，就会有太湖决堤的风险。地方官员都被这种风水邪说迷惑，不敢建桥。进出胥门的老百姓，遇有急事，只能冒险涉水过护城河，时不时有人溺毙身亡。城中百姓受苦良多，集体商议建桥事宜，然而众说纷纭，屡屡提出，又全被否决。

　　直到乾隆五年，苏州知府汪德馨力排众议，驳斥邪说，一人担当，毅然决定重新建桥。只用了一个多月就将桥建成。汪德馨思忖良久，决定命名此桥为"万年桥"。万年桥坚固便利，老百姓踏上此桥，都说汪知府的功德，将与万年桥一样长存人间。

"您的书里记录了这么多奇闻逸事，您对此有什么看法呢？"我迫不及待地问顾先生。"一直以来，吴地风俗尚鬼。我记录了这么多的故事，主要为后人留存一种社会现象，至于大家的看法，那是见仁见智的事情。"顾先生接下去说第二个故事。

那时，凡是官府里掌管文书翰墨的人、老百姓亡故后，总要在庙里塑像，名叫"刚强"。据说这样的话，就可以躲避生前犯下的罪孽，类似活着的人叫了顶替做差役的人。这样的风俗流传下来，导致苏州城里大小庙宇里充斥那些栩栩如生、面目狰狞的泥塑像，有些妇女还住进庙里，照看那些塑像。

那一年，陈宏谋任江苏臬台，住在苏州。他有一子年纪还小。有一天，其子到庙里撞见泥塑黑像，受到惊吓，回家后竟然被吓死。陈宏谋大怒，当即命令所有庙宇拆除那些塑像。庙宇一空，全城百姓拍手称快。

"现在的苏州城，与您当时的可谓完全不同，但一些园林、官衙、街道、桥梁等留存下来，您觉得个中最有奇趣的是哪件？"我也就是随口一问。而顾先生却认真回答起来。

我认为非瑞云峰莫属。瑞云峰具备了太湖石所有优点，瘦透漏皱，高耸玲珑。北宋朱勔搜罗而来。从太湖中将石头运过来，结果船在湖中倾覆，连忙就地打捞石头，结果失去了底座。瑞云峰作为花石纲遗物，后来被旬阳董氏得到。苏州阊门下塘徐泰时，曾经做过太仆寺卿、尚宝司官员，富可敌国，酷爱石头。他与董氏联姻后，董氏便以瑞云峰作为陪嫁赠送给徐家。石头运经太湖正中，船又颠覆，大家齐力将石头捞起。奇事发生了，这回连瑞云峰带以前丢失的底座一起打捞上来。徐氏获宝后格外珍惜，将石头放置在半边街东园内日夜观赏。后来园子颓败，成为一个踹坊。瑞云峰也被污染糟蹋得不成样子。乾隆四十四年，瑞云峰被迁移到织造府行宫内。奇幻经历，让瑞云峰蒙上神秘面纱，而在织造府，瑞云峰也终于有了好归宿。朱勔花石纲遗物还有冠云、紫云两峰，前者在留园内，而后者已不知所踪。

转眼之间，我们已经坐在留园里的冠云亭内。天气转为清朗和暖。我随着顾先生的目光，观察着冠云峰，这江南第一太湖石高峰。

"我只是一个穷酸书生，对这块与瑞云峰齐名的太湖石，总感觉有另一层情感。当官的都来拜石，那是因为谐音'官运'。而我也时常来拜，因为我当'观音'来拜。救苦救难的观世音菩萨，一直呵护着我们这些清贫孤高的书生。生平不得志，我也会在观音菩萨的加持下，做自己喜欢的事情。我唯一的愿望，是这些关于苏州的传闻佚事一直流传下去，苏州的文脉不能断。现在，就靠你接着做这件事了。"

梦醒了，清晨阳光照在我床头，我眼前清晰地浮现出四个字：《丹午笔记》。我后来找到这本书，与残书基本一致，但是有些情节却有出入，而我的梦，却串起了这两本书里的许多故事。我也曾试着去联系老顾，只是无人知道他的住址和联系方式，还有个别养护队的老师傅说，老顾好多年就去世了。我心头一惊，更加卖力地完成顾先生的嘱托。

好多人看完文稿后，问我是真是假？我笑笑，这个问题本身就是多余。

姑苏拾梦录

观前街

　　玄妙观在观前街之前就有了，要么就是同步建成，这是个常识，我早就知道了。有很长一段时间，我每周乘二路公共汽车从老街到观前街往返一次。我总是早早晃进玄妙观，这样就能在中午之前静静地做完自己喜欢的事情，然后去平江路，陪奶奶吃一顿午饭。

　　三清殿封闭着，里面正在整修改造。以前，学校组织参观过一次刘文彩收租院，难辨真假的水牢、阴森灯光把我们吓得不轻。大平胆比我大，每次来都要贴到大殿门缝往里面张望。我也朝里面瞄过几眼，但是黑魆魆看不真切。大平吹牛说看到元始天尊了，我在一旁说："你再往边上望望，说不定看得到通天教主呢。"大平笑着从高高门槛上跳下来："算你看了几本小人书，晓得三清殿供几个人物了。"

　　大殿还没有开放，前面的月台被牛角浜居委会用绳子拦起来，一块小黑板写两行字：三分钱租一本，五分钱租两本。我和大平每人出五分钱，就能够看到四本连环画，每一本都是几册合订，半天看看正好。《三国演义》《岳传》《封神榜》等是我最喜欢的。大平爱看《中国成语故事》《三十六计》等，我却嫌计谋太多，影响友谊。但是，我还是每次都叫上大平，沿着弯弯曲曲的弹石小路，走向二路公共汽车站。我们总会在吉利桥上停留片刻，大平探头看流速很快的河水，试图发现有多少条鱼逆水潜游。而我往西平视那顶廊桥，样子有点像拙政园的小飞虹，一头连着大街上的一户，另一头接着下塘的另一户。样子有点破旧，里面堆着杂物，一个拖把探出破窗，有几条布烂掉了，耷拉得很长。有个老头经常出现，手里拿着白铁皮洒水壶，往兰花、榆树桩、雀梅等花花草草上浇水，水滴滴答答掉在河里，有时小船经过，水落在顶棚上，河道里就有了回响。

　　晴朗冬日，阳光布满月台。我和大平坐在小板凳上，背靠背看书，把还来不及看的两本，放在我们中间。那个时候，一个少年的手伸向那两本连环画。大平一把就把偷书贼的手擒住。

　　已经开始发育的大平声音既粗又尖，听上去很难受："干什么，干什么？想偷书啊？"

　　少年的声音比大平来得响："你们不看，让我先看看好嘞。"虽然说的是苏州话,但是我一听,就知道不是本地人。

"我们出钱租来的,要么你也出点。"大平将他一军。谁知少年真的从口袋里挖出五分钱硬币,嘴里还嘟囔:"要不是你们把《长坂坡》借掉,我也不急着看。"我一听赵子龙,心里就有好感了。"钱我们不要,你看《长坂坡》吧,我也喜欢的。"他笑着一屁股坐到大殿门槛上,翻开连环画。他说自己叫马建国。

最让我惊讶的是,马建国就住在观前街边上的一条小巷里。那里不少人家煤炉都不用,灶头一热,小烟囱突突往天空排黑烟。后来我知道那条巷,叫清洲观前。走在弄堂里,闻着刺鼻的烟火气、油烟味,我想古城中心顾家、陆家、吴家等大户人家还是少数,更多的是平民,甚至流民。

马建国走路很快,他一快,我们就跟不上,气得大平马上将他的绰号叫出来:"阿马啊!你慢点跑啊!"阿马马上回头,两只阔板门牙露出来,黄黄的,一双略带棕色的眼睛瞪圆:"这还快啊?看来让你们上战场,还不如'张军长'逃得快呢。"

阿马家其实是一个组合式大家庭,成员都是运输船上的船民。

运输队向居委会租了一个大院子,大人跑船正常进行,读书的孩子留在院子里,居住时间根据当地货物需求定。阿马家所在的船队,已经在观前街附近驻扎了两年,这里货物需求量大。连照看那些孩子的钟老头,也不知道什么时候离开苏州。阿马一进门就熟练地劈柴烧水,饭是钟老头做好分给他们吃。阿马有个妹妹，搭个小灶，方便点。阿马妹妹眼睛也很大，很黑，看见我们进去，就进房躲了起来。大平老是往里望。

阿马点燃引纸，往灶膛里一塞，加把木屑，烟与火一下子腾了起来。他立刻趴下身子，侧脸贴近地面，一边往里吹气，一边朝里面加几根木柴。不一会儿，炉灶上的水壶盖就"得得得"直响。我们捧着搪瓷茶缸，捂热双手。阿马见识多，说起那些城市，那些江河，有声有色。我和大平只有听的份儿。

我向往的南京长江大桥还没有去过，这个想法被大平知道后，他没有吭声。直到有次语文课，学到"长江大桥"这课，班主任费老师豪迈地问我们，谁到过使"天堑变通途"的大桥呢？班上除了铁路职工儿子小熊，谁都没有举手。我突然就举了手。

"你们两个亲身体会到大桥的宏伟和劳动人民的伟大了吧。很好！把手放下吧。"费老师显然没有将这个调查当回事，准备接着讲课。

大平忽然站起来，指着我："老师，他没有到过南京，也没有去过长江大桥！他前几天还跟我说想去呢。"

我十年多一点人生中，第一次感到无地自容，我想到一个词语：背叛！在大家的哄笑声中，我硬着头皮说："下星期我就要去了。"大平放学时，主动跟我套近乎。我没有睬他。过了两天，我们又并肩走在去观前街的路上。

阿马话里夹杂的粗话，让我很过瘾。激动的时候，他的唾沫飞溅到我脸上，他将这样的动作当作亲昵举动。我与大平在二路公共汽车醋坊桥站分手，我前往平江路上的奶奶家，他独自乘车回家。

或许他不乘车，走回去，但是他和我总是在那个站台说再见。过马路的时候，我听见大平的声音，赶紧回头，却只听见半句："……在观前街我们有朋友了。"大平正在挥手，频率很快。我笑着走进了肖家巷。

巷子里的建筑，我一看就知道什么类型。用白铁皮打出漏斗状罩子盖住窗口的，一定是工厂，而绝大多数厂址，原先都是有居民的。窗户很小，用塑料纸贴在玻璃上的，普通居民住着。大院子通常都是大门敞开，每一进都有几户人家。我穿过小巷时，总有一些错觉，再往里走，通向的是陌生世界。心里希望穿出弄堂，看到的不是平江路，而是从未到过的街区。那里，没有我熟悉的东西，就像刚才阿马说的那些城市与江河。我渴望逃避，至于逃到何处，我不在乎。可惜，我又准确无误地走进了奶奶家的备弄。日渐破旧的建筑、潮湿的公用水井、邻居家的饭菜香味、看我穿厅而过的眼神，我都瞄在眼里，但我一声不吭，微微低头直奔最后一进。邻居们低声议论的声音，刺向我耳膜。

奶奶保持着一家之主的威严，我觉得无趣。例行公事一般，闷声不响吃饭。窗外那棵泡桐树，已经生长五年了。吃过饭，我顺着它的节疤，爬得很高，然后坐到围墙上。隔壁人家的院子里，有一个花坛，终年种着青葱和大蒜。他们家有二楼，窗开了，女主人撑出一杆衣衫。我从墙上跳下来。

每次都是这样，隔壁一有动静，我就离开泡桐树，走出奶奶家。再次承受邻居们射线般的眼光。走出阴暗备弄，穿出逼仄弄堂，临顿路上的公共汽车、自行车和人，使我变得普通，使我安心。

回老街，有很多种选择。我喜欢由东向西穿过观前街，在察院场乘一路公交车回去。或者干脆经过察院场、怡园、乐桥、饮马桥，走回老街。我口袋里没有多少钱，观前街上也没多少东西。还是那些苏式糖果能够吸引我目光。麻酥糖、粽子糖、梅酱糖、葱管糖、寸金糖等，摆放在店门口的玻璃斜口缸里。逢年过节，外婆会每样买回一点，装在红色塑料果盘里，客人来了才一道吃。一家一家店兜过来，服务员多，生意却萧条。大大的玻璃橱窗上，贴着告示：麻酥糖二十号备用券，粽子糖三号公用券限购一斤⋯⋯

我是在地上发现阿马的。他与一个少年抱打在一起，两人互相卡着对方脖颈，倒在地上。走过的人、骑车的人，匆忙看一眼就跑开："又是船上小孩，唉！"两人打架的地方，在我最喜欢去的广州食品商店边上。阿马的牙齿出血了，对方鼻子破了，血滴滴答答。两人还不肯放开，那种姿势，我在动物园见过，像猴子一样死命掐对方。钟老头赶了过来，急促地对他们用方言严厉地呵斥几句话。阿马先站了起来。一抬头看到我，对钟老头说："我先不回去，先与同学玩去了。"他向我招招手，往玄妙观里奔进去。

阿马不是我同学，至少那会儿不是。然而，我紧跟着他，却很自然。我们步伐轻快。三清殿月台上还有不少人，木木地翻阅着连环画。我们跑过月台的时候，几只麻雀轰的一声，四散飞走。阿马在三清殿东侧停下来。我们一起喘气，笑着。阿马嘴唇上还有一些血丝，比起他头颈里的乌青，不算什么。我拿出蓝格子手帕让他擦一下，他推开我的手，用袖管一擦了事。一切都在修葺，三清殿的石栏杆刚围了起来。我们趴在上面，阿马的眼睛眯了起来："这里原来有块大石碑的。"

我对此一无所知。殿角长长的檐檩上站着两只乌鸦，突然，一只叫了一声，跟着，另一只叫了两声。一瞬间，阳光好像斜了，西北风大了起来。

"一只石乌龟驮了一块大石碑，就在这里。"阿马说起来像个老苏州，看上去对这些特别有兴趣，"牛角浜晒太阳的老头们，讲来讲去都是观前街、玄妙观、接驾桥，我耳朵都生茧了。苏州是佛地，没有大的自然灾害，全靠乌龟背上的那块无字的石碑镇着。有一天，石碑毁了，苏州城就要水淹。"阿马回头看我，脸上还挂着微笑，"前些年要砸烂玄妙观的时候，有人半夜里爬起来，把乌龟和碑都埋了起来，现在又要挖出来了。"我听阿马讲典故，总是心不在焉，只是哦哦地应付着，我实在也说不清自己的关注点。阿马却是清晰明了，态度热情。

"你们其实怕水的，我才不怕水。河里的运输船，我一吊就是十公里。夏天最喜欢吊，也最容易出事情。我哥哥去年与我一起吊船往北走，其他人都吊着南来的船回码头了，哥哥却不见了。死人傍晚被找到，半个脑袋被螺旋桨打掉了。我们找去的时候，很热，岸边水鸟一个接一个跳进河里。哥哥身体上盖了一张草席，已经叮了很多苍蝇，我用手赶都赶不开。"阿马说这个事情，倒像发生在遥远地方的陌生人身上的，"我妈从此害了个毛病，不能看到船的影子，不敢听机帆船的声音，不小心撞到，头和眼就会炸开般剧痛。"一阵风吹来，不知是眯了阿马的眼，还是眼睛酸了，他重重地用左手大拇指快速按了下双眼，"苏州到处是船，我爸只好把她送回老家，那里只有山连着山。"阿马棕色的眼睛，直直地盯着本来放置无字碑的场所。说到最后，脸上竟残存一丝微笑，或许怀念起故乡的大山来了，或许他母亲病情有所好转。

阿马又神气十足起来："今年夏天，我见不到水，憋坏了。暑假里，乘钟老头中午迷糊，偷着到平门、相门护城河里洗澡、吊船。"我的心，此时却静了下来，心里豁然开朗。小街巷留存的阴霾，在玄妙观渐渐消解。船上人大江大河走过，不比窝在小街巷的人。即便是赵子龙这样的英雄，如今不过折在一册薄薄的《长坂坡》里。更多的英雄，没有留下一个字。

那个冬日下午，我和阿马坐在三清殿围栏上，东拉西扯，风大了起来，夕阳躲到浓密云层里，寒气上来了。阿马突然说："今天上午看书还欠你们钱，这样吧，我请你吃碗豆腐花吧。"

豆腐花，灵岩山顶的摊头最多，登山耗费体力后喝到嘴里，最鲜美。玄妙观的豆腐花摊，在广州食品商店后面。阿马掏出一毛钱，摊主移开木桶盖，用铜勺剜出两朵豆腐花盛到红花碗。阿马每样佐料都多要。"辣油多点、榨菜丝多点、虾皮多点、酱油多点……"摊主双手忙乱中保持独特节奏，红彤彤的两碗端上来。阿马像一只开牙的蟋蟀，根本不用铁皮汤匙，伸出两只阔板大黄牙探入红花碗，轻轻一吸，白色的、红色的、黄色的，一股脑地钻进嘴里。红鼻尖上的汗出来了，浑身热了起来。我要回老街，准备乘坐一路公共汽车。阿马向我挥挥手，转身往牛角浜方向走去。

接下来一段时间，我仍然每周去一次观前街。以快速在奶奶家吃饭为中点，将一天断成两截，上午耗在玄妙观，下午缓慢地走观前街。大平每次到观前街，总要提到阿马，说得我也牵挂。我说："去阿马家看看吧。"清洲观前那个大院的门是关的，推不开，没有人应门。邻居不与船上人搭腔，问询，都直摇头。大平还在踮脚张望，我说："估计都出船去了。"

二舅发布消息时，冬天第一场雪正好落下来，枇杷树的叶子一夜间盛满了三棱形的积雪，压弯了树枝。二舅习惯地竖起两根指头："每一边都有二三十个人呢，劈柴刀、菜刀、钉镐、斧头，全都上阵。街头混混只有花拳绣腿，根本不是船上人对手，连十二三岁的屁孩都打不过。"我立刻想到阿马，还有他哥哥白花花的脑浆。大平知道观前地区发生械斗，拼命往我身上扔雪球。我已经穿棉袄了，外面罩了一件褪色的军装，父亲留给我的。

大平喘着粗气，和我并排坐到老街街沿上。"如果我参加那次群架，肯定搞个六缸水浒。""你站在哪边？""当然是城里人一边。""要是阿马也参加打架呢？"大平沉吟了半天：

"还是帮城里人。"其实，我已经将阿马排进打架人群里，试探的结果，是不让大平、阿马今后多碰头。

我的愿望，随着阿马和几个船上孩子转来我们学校，基本破灭。大平与阿马最终成为"对头"，这同我雪天提问、暗示有点关系。发生船民与当地混混斗殴事件后，公安局找到船老大，不让船上人随便上岸。住在清洲观前的船民子弟搬到老街附近的仓米巷，阿马兄妹等转学到我们学校。阿马年纪比我大一岁，进我们学校却只能在低我一级的班级读书。

我与大平无聊地趴在走廊栏杆上，伸出手撩拨刚刚发出新芽的柳条，一股新鲜的青紫气，初春的青涩。大平眼尖："这不是阿马吗？"校长背着手一言不发走在最前面。后面紧跟着一个黑大汉，头是低着的，双手刚插进裤兜，却触电般抽出来，随后一直荡在胸前。隔着一段距离，七八个孩子懒懒地晃着。阿马掉在最后一个，像刚跑完马拉松的人，没有一点儿劲道。

"阿马，你怎么到这里来了？"大平独特嗓音制住课间休息的喧闹，大家愣了一下，校长也猛地站住，直往三楼张望。我静静地看阿马，他抬头朝我笑，露出两只阔板牙。走进教学楼的一瞬间，我从上往下看见他的书包，搭扣松着，干瘪地皱着。

那天一放学，我和大平就在学校门口等阿马。阿马看见我们，就让同班的妹妹先回仓米巷。大平主动向大眼睛妹妹打招呼，她却一低头，侧身绕过我们，快步走了。我带阿马走上吉利桥，指着发出哗哗声的水流，对阿马说："这水也是通运河的。"

阿马似乎没有听我讲话，却对廊桥产生了浓厚兴趣："你们真是想得出，宁愿在河上搭座桥，也不愿多跑路。我也要去走一下有顶的桥！"

我和大平马上制止他："大街上的和小巷里的是一户人家，这桥是别人家里的，不让你走的。"

阿马先探头往河道张望，再看了一下我们："你们等着，我保证从大街的门进去，再从小巷的门出来。"

我和大平站在吉利桥上，微笑地等待着碰壁的阿马从大街上转回来。可是，不到五分钟，阿马就出现在廊桥上，不止他一个，身后还有那个浇花的老头和一个老太。听不见声音，只看见阿马在廊桥上，一会儿指指上面，一会儿探出身瞧瞧河水。老头老太也跟着抬头、探身，可他们看不见的是，阿马朝我们挤眉弄眼。折腾了几分钟，老头去开廊桥另一头的门，一群人从桥上消失。

阿马背着手，显然在学校长的腔调，慢慢从小巷踱出，来到我们身边。大平猛地一拍阿马的肩膀："阿马，你怎么办到的啊？快说快说！"

"这桥既然是私人的，你们说，他们最怕什么？"阿马得意地问。我和大平往常的聪明不知到什么地方去了，只剩下胡乱摇头。"当然是桥的损坏了啊！我敲门时候，就心急火燎地大喊：船撞桥了！老头一开门，我就说，我们家的船开得太快，嘭的一下子撞上了桥基石，桥好像晃了一下。"阿马放慢讲话速度，"看见我这人，再听我说这话，老头老太马上让我带路去看撞在哪里。"

"后来你怎么开口要从另一扇门出来的呢？"大平又提问。"这还不简单？在桥上东查西看后，我说没有什么问题，但是最好还要下到河滩头观察一下，木桩有没有斜。河滩就在小巷那扇门边上，老头连忙帮我开门，请我快去检查。"

我们跟着阿马下到河滩头，扶着青苔丛生的驳岸，朝廊桥上的老人们挥手："没事，一切正常。"廊桥上传来声音："谢谢哦！谢谢！"

阿马从头到尾保持微笑，露出的阔板牙干燥得越来越黄。春天来到了，观前街的梧桐树发芽了。三清殿作最后整修，马上要开放。殿东侧的无字碑立起来，大石龟默默驮着。观前街的变化，阿马掰着手指讲给我和大平，似乎我们刚从运输船上岸，而他专门在观前街来迎候我们。他说着我们感兴趣的事情：采芝斋、叶受和、稻香村、黄天源等老字号的新牌子马上要挂起来。玄妙观西角门的小吃店一个又一个冒出来，糖粥、豆腐花、牛肉锅贴、鸡鸭血汤、生煎馒头、油氽臭豆腐，光听名称就引得我俩唾液直冒。春风送来的清香，我也幻想成哪个百年老菜馆的油烟香味。

虽然我还是每个星期例行公事般去趟观前街，却总没有阿马观察仔细。大平也由此与阿马有了隔阂："以为自己是啥人呢？撒泡尿照照，噢哟！地地道道个船上人嘛。"船上人不喜欢读书，这点阿马倒是明确告诉过我。

期中考试，阿马没有参加。他的班主任刚从师范毕业，只带过一届学生。她相当认真负责，当天晚上就去家访。钟老头一问三不知，只是吐掉个烟屁股，朝屋里一歪嘴："你我好比鸳鸯鸟，比翼双飞在人间，那啊，哎嘿呦！"

仓米巷，路灯被打掉一大半，一扇侧门突然打开，一桶洗脚水，哗啦，溅湿了弹石路面。这时，春雨又飘洒开了。班主任一手撑墙，一手扶牢眼镜，一脚深一脚浅朝巷口摸去。她内心里的惊与怕，在脚步艰难移动中，变成对阿马的怨恨。

"小城故事多，充满喜和乐，若是你到小城来……""四喇叭"随着一辆自行车拐进仓米巷。车子上蹲了三个少年，在"靡靡之音"中，摇摇晃晃向班主任撞过来。后来班主任认定车上有阿马，但是阿马说自己在观前街，大平也不相信，只有我信任阿马。其实车上的少年也没有怎么样，就是围着班主任大声说几句时髦话，唱几句自己编词的情歌，把"四喇叭"举过头顶。班主任说还抢走了她的眼镜、钢笔和笔记本，私底下，大家传说是她自己奔出巷子的时候主动扔掉的。

一声尖叫，刺破正常教学当中的宁静。课间休息表演了一场自杀闹剧的班主任，一眼看见晃进学校的阿马，声到手到，一把抓住阿马。我站起来从教室窗户里看到的那个场景，很长时间都作为经典镜头，留在我脑子里。班主任抓住的是阿马的空书包，书包带子深深卡进阿马后背。阿马根本没有挣扎，只是微微朝后靠，两只手无奈地摊开着，被班主任拖着、拽着。前面一个是车夫，后面一个是老爷。阿马抬起头朝上看，碰到我的眼光，他又笑了。一时间，我被这个笑愣住，真是个迷人的微笑，还是阔板牙一露，却有很不一样的含义，藐视、无聊、任性、狡黠，等等，我所能想起的词，竟都包含在内。

"这小子，看来真的欠揍。"大平腥臭湿润的口气喷在我左耳朵上，带着愤恨。班主任和大平住在一条街上，平时不打招呼。大平的青春期刚刚开始，原始而又盲目的冲动，指挥着他。

"阿马居然说他根本不知道班主任被调戏的事情，那就看看我的拳头能不能让他说实话。"我曾经被大平"摆平"，闻到过青草和泥土味，知道他的实力。

"我看阿马说的是实话。说到底，班主任没有现场抓到人，没有证据，就不能认定阿马做的。"我对大平解释。

事实证明，校长的水平与我也差不多，据讲，对年轻的近视眼班主任所做的解释，又引发一连串哭叫。而那时，我和大平正赶去小土墩，这个阿马放学回家的必经之地。后来才知道，城里的小土墩无非两种：一是以前的宫殿废墟，二是高高的坟堆。我和大平蹲守的，是后者。土墩上种了几棵银杏树，风大的时候，落叶飘到脚边，我拿在手上，仔细看奇怪的扇形，心里想这树有缺陷。大平来回踱步，不肯停下来，每次走过我身边，我都听见他快速而粗壮的喘息。

天擦黑的时候，阿马出现了。来的不止阿马一个，整个学校的船民子弟都围着他问这问那。我看出大平的犹豫，想给他个台阶下："天都黑了，明天一早要长跑测验，早点回家吧。"可是，阿马和大平的眼神已经对上了。交友需要漫长的等待，交恶却只要一句话。我不知道大平是否还能记得"在观前街我们有朋友了"这句话，只听见"×××"响亮的三个字，从大平的嘴里喷出。然后，两个身影扭在一起，滚到地上，土墩上船民子弟兴奋地呼叫。土墩边，民房的一扇扇窗，呼呼砰地关上。刚开始，大平占人高马大优势。渐渐地，阿马将大平压在身下，可阿马的头颈还被大平牢牢用臂膀锁住。天完全黑下来了，其他人带着阿马妹妹先回去了。

土墩上只剩下我们三个少年。我手里拿着一根树枝，对着僵持的两个人，东戳戳西插插。牛劲过去了，眼睛里的火光也消散了，两人嘴巴有了动静，都怪我闲着瞎闹腾，似乎只有抱打在一起才算正道。两人松开了各自的手，嘴里还骂，说下次决个高下。我觉得那两双手，再握不到一起去了。

大平往西走下土墩，阿马朝东离开，我拿着树枝轻轻拍打着银杏树，运河里的汽笛声，远远地飘了过来。很多年之后，我才知道，观前街的百年老字号，好多都是外铺商人始创。采芝斋，河南人金荫芝；叶受和，浙江人叶鸿年；黄天源，浙江人黄启庭，等等。他们应当也是顺着运河这条大动脉，漂到苏州，扎根下来。阿马混迹观前街，我定期乘公交二路车到观前街，这两种生活状态，是很不同的。这个道理，我在黑漆漆的土墩上蒙眬地意识到。

阿马被学校开除，是早晚的事。只是对我来说，白纸黑字的通报，贴在学校门口，无论如何都触目惊心。我认识近视眼班主任家。那天晚上，在石皮弄里捡了两块鹅卵石。嘴里哼着："那是外婆拄着杖，将我手轻轻挽，踩着薄暮走向余晖……"到达目的地，嗖的一下，再一下，玻璃窗哐啷哐啷两声，接着又是尖叫连连。我快速闪进深深小巷，向老街方向奔去。嘴里念叨："活该，真活该。"奔跑的脚步声，被雨幕吸收了，只剩下嗒嗒嗒的单调节奏。我想到了福尔摩斯、大胡子波洛，他们在雨夜查案的次数很多，罪犯喜欢不留痕迹。我也是。

学校门卫老朱，眼睛斜视得有趣。不是一般的斗鸡眼，相反，他两个眼黑的距离搞得很大。他盯住你看，其实瞄别人。我忘戴校徽偷偷想溜进校门，却被他一把逮住衣领。我明明瞟到他正朝大平仔细打量。听我的口音，老朱教训了几句，把我放进校门。

大平在前面等我，等我走近，凑过来悄悄说："刚刚听说，阿马昨晚把他班主任家的玻璃窗砸了。"

"谁说的？"我异常警觉。

"你笨哦，老朱头为什么今早查校徽？摆明昨晚出事了。"一切都被雨丝掩盖了，班级里还是静悄悄的，老师在讲课，我们心不在焉听着。阿马和他的班主任都没有出现。

傍晚时分，雨停了，空气中弥漫着搅碎、打蔫的月季花香。一个消息在江南潮湿的空气中传播很快。

阿马将被送进工读学校。

周日上午的二路公交汽车站，人很多。我穿过这些人，走进观前街东头的新风面馆，对过的"陆稿荐"老字号牌子，在一片爆竹声中挂上去。这里还是老样子，卖面筹的中年妇女面无表情，其他服务员围在最靠里的八仙桌吹牛，下面师傅懒洋洋接过我的阳春面筹，抓一把小阔面扔在冒气泡的大锅里。我喜欢小阔面，传统的细面缺乏嚼劲。我靠窗坐下来，等阳春面，早上没有约大平，也没有吃东西。我从筷筒里抽出来两根木筷，掏出蓝格子手帕，来回擦。窗外鞭炮烟雾已经散去，人们排起长队，陆稿荐喜气洋洋。阿马就是从人群里突然冒出来的。我丢掉筷子，奔出店门，阿马也看到我。他露出两只阔板牙齿，笑了。

他丝毫没有怪我。我还是有点惊讶。面摆在面前，我却不饿了。阿马吃得有声有色，额头上布满细细汗珠。我把自己那碗推给他，工读学校没有这样的面。阿马迟疑一下，随后笑着吃第二碗。

观前街上的法国梧桐浓密起来，伸出的枝杈，像迎客松的臂膀。我和阿马在"臂膀"下走，没有说话。玄妙观一会儿就到了。三清殿正式开放了，月台清空了，连环画租读摊消失了。我们没有走进大殿，爬上东侧栏杆，面对无字碑和驮它的石龟。

"这块碑一倒，整个城市将被水淹没。进来的是太湖水、阳澄湖水，还是运河水？"

"我不知道。"我的确不知道。

"我知道，一定是运河水。从护城河吊着船，我进入过运河，离古城最近。水很方便就进来了。"

"那边什么时候过去？"我觉得他忌讳"工读学校"几个字。阿马有些答非所问："我妹妹读书成绩好的，不像我，不要读书。你要多照顾她。"我把他的话当作临别嘱托，第一次承受这样大的责任，心里竟然甜滋滋的充实。事情如果一直按照你的想法和期望发展，那么这世界肯定呆板无趣。阿马的妹妹其实根本没有等到我去关心，就退学了。若干年之后，我在观前街的一个大商场碰到她。她已经拥有一个著名羊绒衫品牌代理权。她送我一件黑灰相间的 V 字领羊绒衫。我问她阿马的情况，玄妙观一别，阿马从我生活中消失。大平、其他同学和老师，一字不提他。后来，一段时间里，船民子弟也一个个转学、退学，静悄悄地，没有人注意，没人谈论。

"我哥其实没有去工读学校。他搭了船，从运河北上，一路寻找父亲所在船队，成为最年轻的船民。"

"他现在呢？"

"他一直在船上，基本不上岸，把我们全部赶上来。他讲得最多的，一直是清洲观前、玄妙观和观前街。"

那个春日的中午，阿马没有与我握手道别，他跳下石栏杆，只说了两个字："走了！"

我朝他挥手，他对我笑笑。我突然发现，他的背原来是有点弯的。

瑞光塔

我们学校窝在一大片平房里，想看瑞光塔，必须爬到五楼半的播音室，打开南气窗，孤独的旧塔出现在我眼中。

大平对瑞光塔无所谓，对小红感兴趣。我的兴趣相反。于是我和大平结伴在播音室耗着，大平帮大队宣传委员整理广播稿。我看着夕阳下的古塔，数断角上的乌鸦。我一直幻想去塔的里面。在北寺塔上朝下拍的古城全景，我曾经看到过。房屋像一只只火柴盒子紧紧挤在一起，色调也缺少变化，除了远处挺立的瑞光塔给我想象空间，其他的看起来都那么令人辛酸。

"我要去瑞光塔！"与小红忙着聊天的大平没有听清楚我的第一句话，我再加大音量说了一遍。

大平敷衍我："瑞光塔有什么好玩的？破烂得快倒掉了。"我沉默了好一会儿，绝大多数时候大平不能理解我的心思。

一阵风吹进广播室。虽然五月了，但是傍晚的风还是有点凉。我又开口："几天前三个孩子爬进塔里去了。""是吗？"小红停下了手里正在修补的"向日葵"，脸上显出好奇。马上到"六一"了，大队里准备组织篝火晚会，我们班分到一个小节目，表演唱《颗颗红心向太阳》，布置的"向日葵"是道具，有几只破掉了。

大平连忙接过话头："这个事情我比他清楚。瑞光塔边上有个叫幸福村的，村里孩子最喜欢到瑞光塔玩。但是一般上不去，那天三个初中生逃学来到塔下，叠了罗汉才爬上塔基。"大平观察了一下小红，她已经放下手中的活，专心在听。大平变了一种语调，"他们准备在塔里住下来，四周黑咕隆咚，他们在三层停了下来。在寻找柴火的时候，发现了塔心有个洞。"小红的脸出现一层红晕，大平得意了。

"他们进入空洞，掀起地上的大石板，你猜怎样？"小红紧张得连连摇头。"一道金光冲出密室，照亮整座塔，方圆十几里地的人都看到了塔放瑞光。"大平手上的动作，有点像

"北京有个金太阳"。"我怎么没有看到瑞光塔发光呢？"小红天真地问。"这……可不是一般人都能看见的呢！大石板下是一个密室，里面有好多古代经书、佛像等，都被文物单位拿过去保护起来了呢。"大平说到最后有点严肃，我却发笑。他这一番话，都是从老宅里批发来的。二舅要结婚，新房就在老宅。家具要请木匠来做。老宅一下子来了这么多干活的人，我和大平每天跟在他们后面瞎看，每样事情都新鲜。领头的是外公的学生春明。他在区房管局下面维修队做小头头。平时老宅捉漏、补墙等事情，外公总是喊他来弄好。

春明高高瘦瘦，面色蜡黄，眼窝深陷。香烟一支接一支，必须抬手指人才能开口说话，讲的第一句必定是："我帮你讲，实际上……"这样子，使我一直认为春明有看透现象的本事。

那天，正像大平描述的，春明看着呆呆瞪大眼睛的我们，一本正经地说："我帮你们讲，实际上三个小赤佬，当时不知道这是国家重要文物，密室又太暗，他们摸到纸头就点燃，用来照明。乖乖，你们阿知道，这是经书啊！是几百年，甚至一千多年前的文物！就这样被他们生煤炉烧申报纸那样毁掉好多。"他用力在板凳上顿一根"飞马"，前面顿空了点，就把嘴上的烟屁股插进去，不浪费烟丝。"要是我发现，就会十分小心地保护，马上向市里文物单位报告，说不定立个功，得到点奖励呢。"春明已经四十出头了，除了肺不大好，其他都好，特别是他的脑子，连外公也讲，亏得没有走歪路，他什么点子都想得出。

要做的家具不少，大衣柜、五斗橱、写字台、大床、床头柜、靠背椅等，流行的新房三十二条腿，都要全。春明接受外公的任务，一番招兵买马，瑞光塔下幸福村的居民来了。大家都有工作，干活都在下班后和星期日。这帮木匠一来，就从春明口中将瑞光塔事件的话语权夺了过去。他们一开口，我才知道，春明终究还是个实在人。幸福村的木匠，今天这个讲那天曾经有龙在塔上盘桓，明天那个又讲其实是一条龙和一只凤凰，后来又说四海龙王都来了，把三个初中生接到天上，再送回来，等等。我不由朝瑞光塔方向望了望，塔还是衰败地立着，周围盘旋的仍是那帮乌鸦。

外公说匠人分三等。下等是泥水匠，做的是水泥石子之类的粗活；中等是漆匠，在成品上按要求做成同一色调，虽然难度比较高，但做起来还是"僵"；上等才是木匠，最难培养的就是"灵性"，同一款式家具，不同匠人做出来，效果大不同。一件家具少了"灵性木匠"点缀，就缺乏生命力。春明身上就具备这样的"灵性"。

枇杷结果的时候，木匠们在老宅院子里做得欢。早过了春分，日脚越来越长，匠人们一下班就到老宅上第二个班。刚开始的时候，春明不大来。匠人们做着粗活。那年初夏，他似乎很忙。工程进度缓慢，也是外公预料到的。二舅结婚日定在国庆节，再慢，入秋也能结束。

初夏，古城多雨。一天傍晚，匠人们缩在檐檐下躲雨。大门突然被撞开，春明的老凤凰牌自行车一下子冲进天井。"这个天真要命！刚才还出着大太阳，一会儿就这样了。"春明吐掉粘在嘴角的烟屁股，用手抹去头发上的水，接过外婆递给他的毛巾，擦了下脸。

"你们听我讲啊！"嘴上又叼上一根"大前门"，点燃，深吸一口，吹灭火柴，春明这才进入正题，"爬进瑞光塔的三个小赤佬要吃官司了。"来自幸福村的木匠多少与三个孩子有点牵扯，急得直问为什么。

春明官方腔调很浓："为啥？你们还好意思问。毁坏文物是大罪名。"匠人里有一个黑大汉跳了出来："那他们发现文物的功劳大过损坏，再说他们是无意的。"不知道是烟进了春明眼睛，还是雨水原因，春明始终眯着眼，根本不看黑大汉。"古塔维修筹备组的组长，是我师弟，幸福村有人托他为三个家伙说情，他来问我，我三言两语一讲，他跑去向有关部门一反应，人立马就放了。"黑大汉惊讶地追问一句废话："那他们已经回家了吧？"春明没有回答。我听出了画外音，塔很快就要修了，可我还没有去过，我有点焦虑。

春明开始用红黑铅笔在木板上画家具样式。木匠们自觉地围在他身边，静静地盯着图纸画好，不发出一点声音。我和大平也在看，春明用黑笔勾勒出家具线条，再用红笔点出工艺要领。其他匠人都点头，我佩服的是他手上的画笔，画出的线条灵性十足。

做家具的进度，像窗外的梅雨，滴滴答答，断断续续，怎么也快不起来。天井里搭起一个塑料棚罩住木料。施工的主要场所，在客堂间。木匠们每顿晚饭吃得都很晚，吃好就回幸福村，灯下的活做不地道，春明也这样说。春明吃好饭，一般不急着走，拿起茶杯，倒掉泡淡的茶叶，重新沏上一杯浓茶。

有线广播里的评弹节目开始了。黑大汉扛杉木进门的时候，碰到了广播线，有线广播声音像半夜里蚊子轰炸机声。《三国》是我最爱的评话，垫一只方凳，把耳朵凑到扬声器上，张国良的说表声音，一会儿高，一会儿低，害得我有时还要踮起脚，准确捕捉他表达的意思。

"弟弟啊，你不要爬高落低了。听张国良，还不如听我讲故事呢。"春明看我听得吃力，笑着劝我下去。有些人不笑还好，一笑，脸上表情尴尬，春明就是这种人。

事实证明，不是有文化的人就能讲出好听故事，并且通常是相反的。春明接受外公教育仅到初中，先去学木匠，再到城里做，手艺好是一个方面，更重要的是春明会来事。三转两转，春明进了城里人也眼热的房管所。公房要房管所修，私房托关系也让房管所修。春明这些年下来，看得多，听得多，肚皮里故事也多了起来。

"瑞光塔有人住呢。"春明一开口，我就开始犹豫，是继续留在有线广播前，还是到春明身边去。

春明接上一支"大前门"，深吸一口，缓缓吐出，稍稍停顿。天井里，雨打枇杷树叶的声音，清晰起来。"幸福村里有个老太，信佛。即便在'四人帮'的时候，逢年过节，也到瑞光塔烧香。她母亲说过，这个塔是孙权为报答母恩而建。老太烧香，既烧给塔里的神灵，也烧给母亲。"春明喝口茶，"老太屋里我去过，破落得简直不像一个家。我想做点好事帮她整修好屋顶，但是研究半天，竟不知道从哪里下手。唯一干净的是老太供香的条桌，桌子正上方挂着伟大领袖毛主席、英明领袖华主席的像。"春明说出这话，大家都吃了一惊。

"我当时断定老太脑子有问题，就不跟她多啰唆。老伴早就去世了，两个儿子，都下乡去了，烧香给领袖，求他们让儿子们早点回来。"我已经坐到客堂窗口的小板凳上，微风不停吹过来，我闻到湿润的腥味，江南的空气开始翻滚躁动。外婆戴起老花镜赶制外发加工皮手套；二舅手上的象棋棋谱总是翻到"马后炮"章节；外公手抚茶杯，手指有节奏地敲打杯盖，头似乎在微微晃动。春明的故事在继续。我喜欢老宅宁静中的喧闹。

"那天我忘拿泥刀，回转去取，看见老太向瑞光塔走去。"我有点不大相信，外公讲，春明要面子，到了房管所，泥刀从不带在身上。

"我看见老太挎个篮子，就跟在她后面。穿过一片毛豆地，再绕过一块青菜田，老太来到瑞光塔前的那一小片空地。她先是将篮子放在地上，对着塔倒头就拜。塔里突然发出了光，我吓了一跳。老太看见光，加快速度拜了三下，从篮里拿出盛饭菜的三只碗，踮起脚尖整整齐齐地放在塔基青砖上。她转身跑了几步，还不放心，回转身来对着三只碗再拜三拜，随后匆匆离开，消失在幸福村民房当中。""这么说，瑞光塔里有鬼啊？"我的提问正合春明心意，他弹了下烟灰，喝口茶。"哪来这么多鬼神呢？塔边上的空地，以前是个大寺院的废墟，现在人一多，就搭起了房子，空地越来越少。塔是天

然房屋，但是住进去总要有点胆量。我惊讶的是……"春明
也像说书先生那样，开始卖关子了。他得意地挑逗着我急迫
的眼神，一个字一个字地吐出来："一个女的，又一个女的！
像一对母女。她们四周看看，黑漆漆一片，就麻利地收了三
只碗又钻进了塔，火光不见了。亮光、灭光都保持神秘感，
这就是本事啊！"

我又开始幻想瑞光塔。春明说得对，塔是避风港。蚊帐
放下来的时候，外面的一切都看不真切。外婆在方凳上加了
个小板凳，以更接近十五支光的白炽灯的姿态，缝制手套。
被子散发着与黄梅天格格不入的阳光香味，我马上要舒服地
睡去，突然又想到了春明。他撩起裤腿给我们看那天被蚂蟥
叮的疤痕，我觉得有些可笑，他既想观察塔里那对母女的情
况，又不敢靠前。最终塔里再没有光线透出来，春明在青菜
地里站了很久。这个情节，他在老宅的表述轻描淡写。

不知从什么时候起，瑞光塔有宝物的说法，开始在老街
一带流传。春明一口咬定幸福村里的人讲的，黑大汉却说都
是外来逃荒人闹的。大平一直想参与大人讲话，见此情景，
急于表现自己："事实证明里面的确有宝物，所以讲这话的肯
定是知情人。"我想的和他们不一样，我在想住在塔里的人，
其实与蚊帐里的我类似。

梅雨天，不是做家具的好时节，但是慢工出细活。许多
年之后的一天黄昏，太湖洞庭东山，雕花大楼特别清静，我
仔细观察一扇扇雕花窗，那么熟悉、亲切。春明在那个梅雨
天做的小小雕花板，实在有雕花楼工艺的神韵。二舅在开工

前，就特地买了几包短"牡丹"，送到春明手上。意思很简单，雕花板一定要春明做。家具，特别是结婚派用场的，没有几块像样的雕花板，怎么镇得住七姑八婆挑剔的眼光、刻薄的言语呢？

春明使用的是一套自制工具。白帆布包打开，钢丝锯、小刨子、小凿子排列整齐，春明每次用完，都用白棉回丝擦出亮光来。我最喜欢那把"挖耳勺"，每到关键工序，"挖耳勺"就上阵。"挖耳勺"放大，就是一把鱼叉，尾部燕尾分开。在杉木上游走，像木匙挖最珍贵的"光明"牌冰砖。春明最领行情，知道市面上流行的花样。先是向日葵，这种植物总是向着太阳，所以不会犯错误。后来是富贵的牡丹花、厚实的海棠花。二舅的这套家具，用了向日葵、牡丹花两种花式。春明最看不起木匠用僵硬的水线代替雕花："木匠本事没有学精，偷懒倒一看就会，五斗橱贴上去水线，比不贴难看十倍，僵硬、粗气，橱在哭啊！"

一样样家具的框架搭起来后，春明才动手。他先左看右看一番，再走到天井里翻合适木料。细雨打在他后背，他微微咳嗽，却还是嘴不离烟。坐到长条凳上，春明用木工笔在木板上勾勒出画面。我看得出，动脑筋时，春明吃香烟更加厉害。先上钢丝锯，花样的轮廓出来后，小刨子仔细收边。雕花最主要的工具是小凿子，春明是左撇子，右手扶住小凿子，左手小榔头挥动，木花、木屑应声落地。带香味的刨花、飞溅的木屑，那一刻，我待在那里，像看魔术师的表演。重头戏是我喜欢的"挖耳勺"。"挖耳勺"走过的地方，一粒粒向日葵籽饱满了、一片片牡丹花叶展开了。我突然转念到吃，春明要是厨师，光刀工就怔住不少人，烧出的狮子头、红烧蹄髈、酱鸭，不知道肥厚到什么程度呢。美好的事情都以吃为参照物，这是我的特点。大平比我艺术细胞多，脑子也活络。他想到了《小兵张嘎》和《闪闪的红星》。

"嘎子顶着罗金保的枪，是假枪。潘冬子一开始也只拿红缨枪。"大平先起了个头，他看看烟雾缭绕中的春明，低声问我，"想不想去瑞光塔？""当然很想去啊！"我被大平捏住要害。"那就让春明给你做把木手枪，他手艺好，做出来像真的一样。"大平说话很有技巧，他没有说是自己要手枪，但是他确定我向春明要求的时候，肯定会说："帮我和大平一人做一把木头手枪吧。"事实上我也是这样说的。

正好，春明把最后一块雕花板安装到大衣柜上，等天放晴，他就请人来油漆。黄梅天正在过去，三伏天马上要来。油漆的黄金季节到了。我们也要放暑假。听到我的请求，春明出乎意料地爽快："你们自己找两块木头来。"

大平心黑，找了块长方形木料，春明笑他："你要做机关枪啊？"结果我的木料比大平后来找的大，还没做，大小上，大平已经输给我。春明一边做，一边说着瑞光塔："这么多年来，只有瑞光塔还在，塔边上寺庙的房子都没有了，也就出现了幸福村。"

"一只船从北面摇到盘门，一看这里蛮好，就靠着围墙住下来，慢慢地，上岸，搭房子，在里面生儿育女。瑞光塔边上都是棚户区，我做维修，见得多了。"春明像在说给我听。

大平对春明说过我想去瑞光塔。

　　我得到的是一把"驳壳枪"，大平手里却拿着女特务经常使用的"勃朗宁"，大家都笑大平"娘娘腔"。他要跟我换，我就让春明要回手枪，让我做个"双枪老太婆"。我在手枪的底部用图画钉别上一块红绸子，在军帽上钉上一颗红五星，右手举枪一挥："为了新中国，冲啊！"跑到路上，红绸高高飘过脑后，威风凛凛。

　　幸福村来的木匠，明天就收工了。吃好晚饭，又围在春明身边吹牛。外婆在厨房熬猪油，明晚木匠在老宅吃最后一顿饭。这些天，大荤基本没有，小荤只是在盘子里出现几根肉丝。外婆那天买回来两斤五花肉，准备给木匠做一顿红烧肉，还搭回一块板油。她仔细将板油切小，放进锅里熬油渣。可怕的焦香味，悄悄爬进刚扒完两海碗干饭木匠的鼻子里，肚子叫了，嘴里也就湿润了。连春明也受不了。他起身去厨房看了一眼，回来安慰弟兄们，明晚吃猪油菜饭配红烧肉。看着弟兄们的馋样，春明叼着烟又去了趟厨房。这次出来，他端了一个钢精锅子。木匠们哄上去一看，油渣面糊一大锅子！一人盛一碗，不到五分钟，锅子被刮了个尽。

　　漆匠来的那天，我的手枪被大平拦腰踩断。我找他拼命，结果被他按在地上，一顿狠揍。我头和嘴接触到湿泥和青草的时候，想到了春明。春明看了一眼断掉的枪，说："要么钉根洋钉进去。"大平的头在老宅门口探了一下，听到这句话，不见了。

　　春明在做两把手枪的时候，就用过一点漆和香蕉水。我喜欢这个味道，江南这个地方，什么都好，就是味道不重。春明把刷子浸泡在香蕉水里的时候，我出现幻觉，烟雨朦胧的早晨，一车接一车的热带水果开进老街。

外公推门进来，看到春明在帮我修理手枪。"今天星期六了，你怎么不回乡下去？"春明抬起头来："我领漆匠过来的。""漆匠来了，你就没事了。难得休息一天，还要在城里混！水英在乡下，你也不去帮一下她。"外公声音一高，春明就开始剧烈咳嗽。

"我讲过多少次，叫你少吃点香烟，你就是不听，看看你的样子。"外公说话，春明不敢还嘴。他悄悄把嘴边刚点燃的"大前门"拿下，摁灭在回力球鞋底，烟屁股慢慢转移到手心。过了一会儿，春明才开口："老师，你听我讲。儿子小明现在弄到市里来了，水英也要上来的，我正在想办法。"外公不再听他讲，自顾自看儿子结婚家具。

哗，一桶井水从头冲到脚，我最佩服春明这个动作。我只敢从膝盖往下灌，即使在三伏天，冰凉的井水也让我打个冷战。外婆端出小方桌，七八个小凳子，我们和春明、漆匠一起坐在枇杷树下吃晚饭。咸鸭蛋带壳被劈成两半，什锦酱菜、红方乳腐，还有一碟刚刚汆好的果玉。外公和春明都不喝酒，大家就开始吃泡饭。我腿上好像被蚊子叮了几个地方，痒痒的，我用手抓抓，没有吭声。直到春明晚茶喝饱，我才感到不对劲。整个身体都在发痒，春明把我的脸放到十五支光电灯下观察时，我的上下眼睑已经碰到一起。

"是漆过敏！"春明抱起我就往外冲。喉咙在一点点发酵、膨胀，呼吸困难，像一条厚厚的被子盖了上来，我向空中抓去，想掀开被子，却抓住了春明的头发。我的意识开始模糊，好多人跟着春明一起跑，有认识的，好像是大平、二舅他们，还有不认识的，他们叽叽喳喳说着我听不懂的话。

在医院"观察室"躺了一夜，打了几针，吃了几片圆形特大药片，我坐上了春明的"老凤凰"。只在外面过了一个晚上，路上看到的景色就与平时有很大不同。法国梧桐的叶子一下子密了好多，阳光在叶子里穿行，时强时弱，眼睛有点睁不开。医生还配了一瓶外涂药水，上半部分是溶剂，下面是粉剂，用的时候，要来回摇均匀。春明摇好后，用棉签仔细地擦在我身体发出来的红点上。拖鞋被春明拿去洗，我坐在高高的靠背椅上，双脚离地，打量屋内。两只床，一大一小，都装着蚊帐，蚊帐有补丁。只有我坐的那张椅子是四条腿的，其他三只，都有点缺陷。大门敞开着，外公给他们写的春联，下边卷了起来，颜色有点发白。

春明手搀着儿子小明进屋，回头向邻居打招呼感谢。暑假里，小明好像由邻居代看管。吃午饭的过程中，我始终没有听见小明说一句话。有时我故意对着他提问，他只是对我笑笑。和他一起吃饭、睡觉，还不知要过上几天，想想多没劲，心里倒挂念起大平来。下午，春明带小明去单位，我趴在窗口，目送他们离家。随后，仰望不远处的瑞光塔。有人在那里面的，我坚信，一直有的。

我躺在小明的床上休息，窗外知了欢叫，大白天的，我怎么睡得着。忽然，脑子里闪过一个念头，阿弥陀佛，原来是这样啊！外公曾经说过这样的话："人也不能太聪明，这个世界对每个人都是公平的，这里赚的，那里就欠了。春明就是太精明，唉……"吃晚饭的时候，我的猜测得到证实。我一直逗小明开口，他就是闷头吃饭，要么不睬我，要么对我笑笑。春明也不说话。外面下起了雨，闷湿的空气夹杂水汽，向饭桌扑来。春明连忙起身关窗。小明对着窗，张大嘴，任凭雨水打在他脸上。春明回头看了儿子一眼，一边做着吃饭的手势，一边慢声说："快点吃饭，早点睡觉。"窗子关上了，小明仍然保持那样的姿势，眼睛也闭了起来。我突然发现，小明嘴唇嗫嚅着，发出很难辨识的声音。我努力听，只听到原始的发音。春明站到儿子身边，双手按着小明双肩："好了，我们把饭吃完吧。"春明嘴上没有叼烟。一道闪电在瑞光塔背后炸响，昏暗的电灯闪了一下，父子俩的剪影在我眼里停了一下，就印在我脑子里。

　　江南的盛夏就是这样，黄昏阵雨过后，隔天反而更热。那天黄昏，春明说漆匠是单位请了病假来的，活今天就能结束，散散味道，后天我就能回去了。我却不急了。这几天和小明在一起，帮他做暑假作业，教他折纸飞机，屋里屋外捉迷藏，春明也就不把他带去单位，也不叫邻居看护了。小明眼睛很小，不像春明，他看纸飞机的时候特别出神。有时，纸飞机冲出屋门，轻巧地滑翔，小明就静静地走到大太阳下，看纸飞机飞翔、落地。如果纸飞机搭载什么东西的话，其结果就是一同坠落。有一次，小明看到一架纸飞机高高掠过围墙飞向屋外的世界，开心地笑了。可惜，我只听到拍手的声音，没有笑声。

我再次坐在春明的"老凤凰"书包架上，小明拉住邻居的手，站到大门口。我向他挥挥手，他也对我挥手，很机械。拐过墙角，小明看不见了，突然我感到，小明不是在挥手，而是在招手，心里顿时难过起来。转过头来，春明的圆领汗衫已被汗水粘在背上，随着春明蹬车动作，出现一个又一个小气泡。那个人是父亲，却不是我的父亲。我的父亲在遥远的地方。小明比我幸福。我眼睛湿润了，一瞬间有了从背后紧紧抱住春明的愿望。

几天不进老宅，竟然有点陌生。我一改横冲直撞的脾气，客气起来。厨房对过的那间东厢房，定下来做二舅新房。现在里面堆满了春明请来的工匠们的作品。乌黑乌黑一房间，黑得发亮。我没有看漆家具过程，却怀疑漆里面加了东西。春明眯着眼，烟从他鼻子里出来，喷到家具上。他告诉我，诀窍是在黑漆里掺了一点点红漆。我马上反应过来，在排骨汤里放一点糖，是为了"吊鲜味"。

大平又在门口探头探脑。我很高兴地和他相逢在老宅门外。他带了几张新"洋画"送给我。我们在墙上飘起了"洋画"。大平突然说了一句话，我愣住了，"瑞光塔被围起来了"。

"是啊，明天开始，我们队里就要对它进行修复。对了，那些幸福村的木匠，都要去的。"春明推了"老凤凰"出来，听到大平的话，随口讲了几句。二舅来劲了。"那就是说，我的结婚家具是由修文物的手做出来的喽？"他连忙拿出一包没有拆封的"牡丹"塞进春明的裤兜。

我看了一眼春明，他也正在瞄我。明天开始，春明就天天在瑞光寺的遗址上工作，天天在瑞光塔里钻进钻出。三个初中生的发现之旅全是碰巧，机会却没有落在天天准备的我的身上。春明讲了好多关于瑞光塔的故事，我觉得他已经不是去维修，而是去做讲解员。有一次，他讲到《水浒传》的时候，忽然转到了瑞光塔上。水浒开头，龙虎山走了一百零八只妖魔，祸乱天下。瑞光塔动一动，也不知道要出什么事情的。我希望出事吗？我回答不出。

瑞光塔就在老宅正南，我一抬头，似乎多了好多脚手架。我连忙问春明："你不是说明天才开始做，怎么现在就搭脚手架呢？""哪里有啊？你是不是眼花了。"我再仔细看，塔还是孤零零站立着。但是，我心里想，塔过两天总归会搭得面目全非。而直到现在，我还没有去过一趟。半年间，该发生的事情流水般经过，对我似乎没有留下痕迹。而我牵挂的事情，却一件都没有去做。

事情发生了很多变化，有人发现了宝贝，瑞光塔要被围起来，春明要进去干活，二舅不久要结婚。而我，马上开学上课。

"明天我带你去看看塔吧！"我一下子没有对春明的话作出反应，仍在发呆。春明又对大平说了一遍，大平连声说好。我情绪有点低落与不安。到瑞光塔，还是春明带去的，无论如何是一件讲不过去的事情，可现在围了起来，自己就没有什么办法了。大平不懂，只知道使劲地点头。

"爱国卫生运动宣传车"一边播放着二号病防治知识，一边缓缓行驶在老街上。春明与大平的对话，淹没在"饭前便后要洗手，生熟分清最重要"的激越高音女声里。春明跃上"老凤凰"，在宣传车扬起灰尘的裹挟下，朝瑞光塔相反方向骑去。

已经立秋了。外婆不让我把脚浸在井水里。我知道，不需要多久，井水就会变得温暖，在白霜覆盖井栏的时候，冒出轻烟。站到阴沟旁边，我一桶水慢慢浇在脚趾上，一个一个慢慢地感受冰凉带来的舒适。同时也在冷却我的过度热情。之后，我做出了决定。

第二天清晨，我就出门，没有打任何招呼。早晨、晚上，穿着的确良衬衫，已经蛮风凉。我爬上粮店后面的水泥水塔，风迎面吹来，衣服"啪啦啪啦"响不停。春明和大平出现在我视野里，春明带着大平，"老凤凰"显得有点吃力。他们向瑞光塔方向进发。朝阳斜斜射在他们身上，有光亮面，也存在阴暗面。他们消失在我眼中的同时，我自然而然地接触到了瑞光塔。

古塔，正在被搭脚手架。很快，它的野性将被驯化。此时，它更像一只将要被关进笼子的雄狮。在水塔上，我仿佛听到了它的叹息。它的光芒，会定期控制绽放；它的秘密，会一层一层地剥开，而它本身，渐渐变成不是原来的塔。

我想象得到，那些搭脚手架的木匠们，曾经吃过老宅油渣面糊，现在一定卖力地做着一个宏伟的改造工程。而塔下的大平，正兴奋地感受着大小机械运动带来的快感，彻底忘

记没有在老宅找到我的茫然。我不知道春明怎么想，又会怎
么做，但是这已经与我无关。

"你怎么没有跟我们去瑞光塔呢？昨天不是说好的吗？"
大平冲进老宅就对着我嚷嚷。

我平静地答非所问："我看见瑞光塔上爬满了人。"春明
没有说一句话。